在場的信仰

马建福◎著

回族当代文学典藏丛书

杨宏峰◎主编

黄河出版传媒集团
宁夏人民出版社

图书在版编目（CIP）数据

在场的信仰／马建福著．—银川：宁夏人民出版社，2015.4

（回族当代文学典藏丛书／杨宏峰主编）

ISBN 978-7-227-06022-2

Ⅰ．①在… Ⅱ．①马… Ⅲ．①杂文集—中国—当代 Ⅳ．①I267.1

中国版本图书馆CIP数据核字（2015）第246170号

回族当代文学典藏丛书　　杨宏峰　主编
在场的信仰　　马建福　著

责任编辑　丁丽萍　梁　芳
封面设计　石　磊
责任印制　肖　艳

黄河出版传媒集团
宁夏人民出版社　出版发行

地　　址　银川市北京东路139号出版大厦（750001）
网　　址　http://www.yrpubm.com
网上书店　http://www.hh-book.com
电子信箱　renminshe@yrpubm.com
邮购电话　0951-5052104
经　　销　全国新华书店
印刷装订　宁夏报业传媒印刷有限公司
印刷委托书号　（宁）0002332

开　　本　880 mm × 1230 mm　1/32
印　　张　8
字　　数　230千字
印　　数　2200册
版　　次　2015年10月第1版
印　　次　2015年10月第1次印刷
书　　号　ISBN 978-7-227-06022-2/ I · 1548

定　　价　26.00元

回族当代文学典藏丛书

主　编　杨宏峰

副主编　石彦伟　石舒清　李有智

马建福

回族，宁夏海原县人，人类学博士，现供职于北方民族大学回族学研究院，主要从事回族文化与社会研究。2004年开始从事文化人类学研究，在田野调查过程中，受专业影响，喜欢上了散文随笔创作，自此坚持不懈，先后在《民族教育研究》《西北民族研究》《二十一世纪》《中国穆斯林》《回族文学》《明报》《文汇报》《民族报》等多家报纸杂志发表散文随笔、书评等。作者长期关注底层社会，以“讲述老百姓自己的故事”为己任，旨在传承文化，书写民众日常生活的故事。

承智慧世，回族文学之时代乐章[1]

杨宏峰

在全球化语境中，面对世界文学与中国文学的迅速发展与变化，民族心理结构的重组与来自各种渠道的文化交汇，当下的回族文学正处于觉醒与嬗变、返璞与升华之阶段，明显表现出一种认知本土、多维建构之态势，并取得了令世人瞩目之成就。这是广大回族作家选择既开放又坚守之文化策略，以其先进性与科学性认知回族文学的价值取向与民族现代性之建构。

回族文学是中国文学这个大系统中的一个重要组成部分。拥有丰富多样的民间口头文学遗产，其历史悠久、区域性影响广泛，同中亚与西亚以及世界历史文化有着密切联系，同时拥有众多作家创作的书面文学传统，构成现代文学之雄厚基础，成为考察其回族现代民族性之前提与依据。华夏独特的地理环境形成的文化积淀，孕育了丰富多彩而又极具特质的物质与精神文化，从古代回族神话、口头文学一直延续到当代回族作家文学，其间浩浩乎经历了几百年之历史烟云，成就了璀璨的回

---

①本文系第二批“回族当代文学典藏丛书”之总序，本“总序”在第一批丛书“总序”的基础上做了部分修改。

族文化。尤其是近代以来，回族作家文学浸润着古老的民族文化精神，凸显着一股蓬勃鲜活之气。回族文学在新时期以来的发展，基础扎实、步伐持重，故成就突出，百花满园，涌现出了强大的文学队伍，老中青三代回族作家形成了一个特殊的文学艺术共同体，共同体成员拥有丰富的民族文化遗产，并在文化想象与文化表达上具有一致性，皆能展现出其独特的自我意识。他们共同努力，勤奋耕耘，一批叫得响、立得住、受读者欢迎的精品力作不断涌出，不仅在少数民族文学界形成优势阵容，在中国文学长廊里亦是一道亮丽的风景。宁夏人民出版社历来关注和助推回族文学的发展，力荐优秀作家与作品，为回族文化留下丰富的心灵传记与动人的时代乐章，这是我们一贯坚持的主张。在20世纪八九十年代，我们就曾推出一套“当代回族作家丛书”，相继编辑出版了木斧、胡奇、张承志、马犁、马连义、张宝申等在中国文坛具有代表性的一批回族作家的作品。

后来，又陆续策划出版了一批以回族题材为特色的文学作品和理论著作，有力地促进了回族文学的持续发展与繁荣。这一时期的回族文学，在历史记忆、文化想象、族群认同等方面，具有特别重要的意义，并呈现出一派欣欣向荣之局面。文学的民族性是以该民族的世界观、价值观、美学观作为一种本质性之精神实体，艺术地表达一定社会与民族独特的历史与精神生活，在精神与实践之具体运动过程中不断变化与深化，并在文学文本中圆满地得到反映。民族文学一方面体现民族历史、社会特征，另一方面展示地域文化形态，两方面皆存在于民族文学的每一个结构层面里，最终体现在多层面组成的民族文学总体风格特色中。一个民族总是生存在特定之社会环境中，传承着特定的文化基因，有同其他民族文化特定之交汇，这是寻觅民族文化心理轨迹之出发点。长期的游牧农耕文化铸就了少数民族有别于其他民族之特性，这就是少数民族文学生存繁荣之土壤。在民族社会生活之表层，揭示出一种深刻的意蕴，亦即那些能够左右一个民族的生存与发展之特质，民族赖以生存之自然地理环境，特有之历史文化氛围以及特定的文化归属、情感归属、灵魂归属、信念归属、民族心理结构与民族性格。回族作家追溯本民族特定之精神文化与族群记忆，并对文化的积淀、地域的影响、生活的特质与当下现实进行深入探索，通过异彩纷呈的民族生活、特有的民族韵味，创作出了具有民族审美特质的作品。作品挖掘民族精神，向世人展示回族人民的勤劳质朴、豪爽宽厚、勇敢机智的性格内涵；让世人真实地了解到这一民族之所以在历史长河中生生不息、不断发展之内在因素。与此同时，回族有着很强的内聚力，这是回族人民生存之需要。有许多有识回族作家反思内聚力之二重性，在讴歌本民族这种内聚力所形成的勤奋耐劳、不屈不挠的精神之同时，还揭示了这种内聚力的消极之一面，即它所带来的封闭、对新事物的不敏感等，皆是阻碍本民族进步之痼疾。很多回族作家的作品触及与揭示了这些心理细节之复杂内涵，这表明了回族作家已经认识到困扰本民族发展之因素，这种反思与觉醒，对于文学的发展有着积极的助推作用。

每个时代的乐师，皆应弹奏出自己时代之乐章。时代精神既包含着现代意识，又囊括了当下人们可以感知的文学风格、审美习性、哲学思考、价值取向、社会情绪等多种社会基因。由于历史的变迁与各民族之融合，回族文学正处于动态变化与不断被创造之过程中。当下民族经济生活从自然形态逐步向市场化形态转变，从而导致了民族心理结构之重组与来自各种渠道的文化交汇。全新的经济格局以及新的社会心理与理念，既令人惶惑又令人兴奋地进入现代场景的五彩生活之中。在这种精神交汇、思潮辐辏之当代场景里，一向以稳重、庄严著称的少数民族文化也与其他文化一样，表现出顺应与参与之积极态度。在当今社会转型期，这种特质遭遇着前所未有之文学嬗变，新时期以来回族文学之实践也愈来愈表明了这种嬗变之不可抗拒性。故现在对回族作家作品或某种文学现象进行界定时，我们已失去了往日文学批评所表现出的轻松与从容，已经很难用回族固有之思维习惯、审美判断、情感表达方式来明确界定，这是回族文学自身在发展中带来的质的增生，也是对新的叙事模式的一种激情召唤。在这种文化愉悦交汇与思潮尽情辐辏的当代场景中，自然亦形成了现代理念与传统理念双重意识观照下的当代回族文学的时代特征与价值判断。特别是进入20世纪80年代以后，回族文学的发展出现了崭新之局面，涌现出了一大批作家作品。这个时期的回族作家较之五六十年代的回族作家，显然有了更自觉更强烈的民族文化归属感，对于民族文化、民族精神也有了更深入之认识与感受。在创作上，他们不满足于从表象上表达民族特色，而是努力深入到民族生活、民族思维、民族心理、民族情感的更深层次中去，深入挖掘民族文化、民族精神在人物内心世界中之积淀及其变化，力求在创作中将民族化与现代化、民族意识与现代意识、民族特色与时代精神较好结合起来，从而将民族的生存状态与文化性格揭示出来。从20世纪80年代到世纪末的回族文学，在民族性上，显然得到了极大的强化与普遍认同。这个时期的回族文学创作，其现代生态主义写作已进入了他们的写作视野，突出表现了在中国最浩渺、广阔的人文地理空间、人与环境及其他生态之特殊遗存关系。宏大叙事不再"一枝独秀"；许多作品视角下移，通过描绘普通人、底层与草根故事，把时代精神、民族精神的成长还原为具体人的精神成长，放大了人性描写，从而受到文坛关注。在创作方法上也主张多元共存，叙事类型、叙事视角、叙事模式与叙事手法皆逐渐呈现出多样化与个性化之趋势。很多回族作家在通过作品体现民族性上，有了一种自觉意识，有了文化归属感；在创作中描绘民族生活、表现民族的生存状况，皆更加凸显了民族性。这个时期的作品，与作为主流文学的汉族文学作品相比，没有停留在表现民族性的表象上，而是从精神之层面，从思想理念与心理情感之层面去揭示民族性，作品所呈现给读者的更多的是一种异质文化表象图景。在很大程度上，读者与社会也正是从这种异质文化图景来接受作品的。这种异质文化图景与民族性是一致的，并且凝结为一种精神动力，一种文化品格。

很显然，文学的民族性之形成与获得是一个建构的实践过程，在这个过程中，身份认同、文化想象具有特别重要之意义。人类学家科班说："任何地域共同体，只要其成员意识到自己作为一个共同体成员的存在，并希望维持他们的共同体的整体性，就是一个民族。"(耶尔·塔米尔：《自由主义的民族主义》，上海世纪出版集团，2005年版，第59页)对作为民族实体的共同体之认同，将自己看成是共同体中之一员，在共同体中确定自己的文化身份，这是形成民族性之首要一步，也是最关键之一步。如果没有这种身份上之自觉认同，也就不会有民族性之形成。但这里的认同，不仅仅是一种身份之认同，不是那种一厢情愿地认为我就是那个民族的简单表述，更重要的是，它体现了一种文化的归属感。即是说，认同共同体的历史记忆，认同共同体的文化行为与文化价值，认同共同体的精神信仰；在想象中，将自己的命运与共同体的命运联系在一起，将自己的信仰、情感、价值理念等归属于共同体中，从共同体中寻找历史渊源、精神渊源、文化渊源、情感渊源，在共同体中塑造与被塑造。在很大程度上，我们可以说，文学的民族性是在文化想象中建构起来的。

决定一个共同体之成为共同体的是文化，体现民族文学中民族性的也是文化。民族文学怎样获得民族性，说直接一些就是怎样表达民族文化与民族精神。从本质上来看，文化是日常性的，就是人们日常之生活，人们的行为模式、思维方式、情感形式，人们的精神信仰，以及人们为表达精神信仰所创造的一系列仪式符号。建构民族文学的民族性，就是要求作家在文学中表达民族的生活，关注民族个体生命的存在状态与现实处境，从民族之日常生活中发现民族精神与文化品格，皆是民族命运。而要表达民族生活，揭示民族命运，更重要的是需要我们的回族作家有丰富的文化想象力与感受力，而这种想象力与感受力则是在回族作家对民族文化、民族传统、民族日常生活有皈依感之前提下才能获得的。回族作家对民族文化、民族传统、民族生活之认同，对于作品民族性之获得，是具有决定意义的。“生活在自己的民族中具有更多的优点。它提供了被重要的他者承认的可能性，不管这个他者是自己的长辈还是同辈。他们理解我，就像我理解他们一样。而这种理解在我的内部创造了在这个世界上我并非无足轻重的感觉……民族生活使个体能够享受到一定程度的、光凭自身不能体验的自我实现。”(耶尔·塔米尔：《自由主义的民族主义》，上海世纪出版集团，2005年版，第80页)当民族与民族生活对我们的回族作家有这样的意义的时候，回族作家创作中的民族性，就一定是一个自然之过程。亦即说，回到民族文化中去，回到民族传统中去，回到民族生活中去。这样，回族文学的民族性就一定能够得到彰显与强化，这是保证回族文学获得民族性之根本。

透过这些散发着浓郁回族民族特色的文学作品，我们看到了一个承载着坚韧、清洁、挺拔与希望的博大、宽厚的精神载体，看到了记录时代、紧贴大地、挖掘普通人内心世界的民间情怀，此乃源于回族作家对生活的丰厚积累和深刻洞察。这些作品，是对回族优秀文明及其精神信仰之依赖与传承，也是对当下时代的某种浮躁之风的抵阻。因为昨天的文化自觉，回族作家开始了对自我的审视与书写；因为今天这些作品的呈现，使我们对未来的回族文学充满更多的文化自信与美学期待。

我们由衷地希望这套“回族当代文学典藏丛书”所传递的民族精神延伸至全国与世界。因为回族文学的意义与价值，不仅在于对本民族的精神表达与民族性建构，还为构建文化强国贡献着独有的精神智慧；即便在全球化语境中，回族文学对维系民族文化的多样性、丰富性，并拓展华夏文明与世界文化对话，仍有不可替代之效用。我想，这正是“智慧天下”之意涵所在。

目 录 CONTENTS

香港有个柴湾清真寺

4月的一个周末，天气炎热。在香港柴湾天后庙的左侧，看到前往柴湾清真寺及回教①坟场的字样，便沿着这条路往里走。

如果不是因为这个指示牌，我肯定不会相信这天后庙五颜六色旗子飘扬的地方，居然遮盖着另外一个宗教的活动场地。我想这也是中国传统的宗教共存、相互接纳的表现吧。

沿着天后庙左侧的小道走进去，溪水源源，榕树枝干从头顶压下来，像一道垂帘，让行者仿佛走进了仙境里。对面走来一个戴着白帽的人，领着一个小孩，大人穿浅蓝色的布衫，小孩一身白色。走近听到大人对孩子用广东话说今天学习的情况。我明明看着他们像巴基斯坦人，怎么说一口流利的广东

①回教，即伊斯兰教的旧译，中国香港、台湾等地仍沿用此译法。

话？转身打了个招呼，他热情地伸出手来表示问候。我做了自我介绍——来自中国内地的穆斯林，他在英语与乌尔都语之间转换着给孩子解释。他说自己来香港十几年了，孩子在这里出生。他们刚从清真寺出来，周末这里有儿童学习班。挥手说了再见，他微微一笑，深深的眼窝里，流露着一种满足、自信和自在。

爬上台阶，一扇铁门敞开着，楼上传来孩子们大声的朗读声，院子大树底下的桌子旁坐着几位留着长髯的巴基斯坦老人。我慢慢走近，他们转身看着我，我想他们一定在等待一种类似暗号的认同，然后才能更进一步地交流。我大声道一个“色俩目”，老人们齐声接了，一个个站起来，伸出手，我们紧紧地握在一起。我边握手边做了自我介绍，他们略显惊讶地说着：“是吗？欢迎，欢迎！”

我说明来意，一位老人指着旁边的拖鞋说，赶快洗一下，做完礼拜再说。我顺着他指的方向，去清洗了一下。走了一路，出了一身汗。这样一洗，感觉疲倦都被冲洗掉了。收拾了一下衣服，径直往楼上的礼拜殿走去。

周末的清真寺是非常热闹的。原本用来礼拜的大殿，这时已经摆上了低桌子，两边男女分开，席地而坐，一大帮小孩子正捧着小册子大声朗读。3个被称为“哈菲斯”的《古兰经》诵读师坐在各自的桌子边，检查孩子们是否读熟了一天新学的内容。孩子们顾自认真读着，哈菲斯见我走过来，伸出手道一声问“色俩目”，继续教孩子们朗读。

顺着台阶走到里间，举意开始做午间的礼拜。刚刚在楼下见到的那位巴基斯坦老人已经坐在我身后，我举起双手做了

"杜瓦"，转身再次向老人道一声"色俩目"问候。老人握住我的手，有些激动地说："你真是来自中国内地的穆斯林吗？"我点头说是，他开始滔滔不绝地说起自己曾经去过的内地的那些地方。我说自己来自宁夏，他马上竖起指头说，好地方好地方，有很多穆斯林，有枸杞，有好吃的羊肉，还有在香港能买到的娃娃菜。我点头肯定着他所知道的。他说我和他有着一样的经名，然后带我到几位哈菲斯跟前说，这是来自中国内地的穆斯林。

在我们交谈时，两个华人孩子捧着《古兰经》在哈菲斯跟前听读。巴基斯坦老人说："兄弟你看，现在也有中国人穆斯林来清真寺学习啦，这可是非常难得的事情。"我这才明白他为什么一定要强调我是中国人穆斯林。在香港，很少有中国人让自己的孩子在周末进清真寺学习。孩子们每天都忙着赶作业，根本不可能来清真寺学习。但是印巴穆斯林有个传统，不管学校课程多么繁重，到了周末，放下书本进清真寺学习是必修的课程。虽然这是在香港，但是印巴穆斯林还是继承和延续着他们故地的传统。清真寺教育和学习《古兰经》诵读，就像保留自己的身份一样，任何家庭都不可缺少。有意思的是，周末孩子们这样学习宗教知识，并没有影响到他们的学校教育，反而因为这种转换而让孩子们觉得更加充实、更加有意思，更能够专注于学校课程。老人说："这些孩子在自己的班里可不是差生。"

我们聊了很久，他看到院子里上来的一家人，有些兴奋地说，兄弟你看，这家人又来了！我不明其意，他说这是曾丢失伊斯兰信仰，又重新回来的一家人。他下了台阶，把一家人迎了上来。这是姓舒的一家人。老太太带着两个儿子、儿媳妇、女儿和女婿以及3个小孙子一起来了。巴基斯坦老人向他们介绍我是来自中国内地的穆斯林，然后说他们是香港穆斯林。我们似乎找到了彼此的认同点，在英语和普通话之间转换。一位哈菲斯过来说，今天他们要学的是如何做礼拜。

老人告诉我，这位老太太是有着穆斯林身份但不信仰伊斯兰教的香港人，她老公几个月前刚去世。去世时，火葬还是土葬？她跑到清真寺找阿訇，说明情况，阿訇帮她完成了丈夫的后事。这里面有个小插曲。回教徒在香港，仍将伊斯兰教翻译为回教，回教徒指穆斯林，不同在香港享受土葬待遇，而且墓地费用也不高；但如果不是回教徒，则价格比较昂贵。她觉得应该让丈夫沿着老一辈人的路走，一定要选择穆斯林的方式。

也是在这件事情上，老太太突然有了一种久违的感觉。在这个芸芸众生的地方，虽然拥挤不堪，但是人心却是极为孤单的。遇到事情，没有人愿意帮忙。丈夫去世，如果没有这些穆斯林的帮忙，她还真的有些不知所措。这些穆斯林不仅帮她完成了丈夫的后事，还给她省了很多钱，最主要的是，他们让她的丈夫找到了自己最终的归宿。

老人开心地说，这样很好，他相信会有越来越多的人重新寻找自己的精神依靠。过去人们过度追求金钱和物质，没有了精神，没有了信仰，家庭不合，人心涣散，活着没有盼头。“走出去的还是得回来。”老人说。

身边的巴基斯坦小姑娘、小男孩一直好奇地看着我，我便拿出包里的巧克力给他们。这时我看到惊奇的一幕。如果是在内地穆斯林孩子中，包括我的孩子，会高兴地拿起来就往嘴里送，小孩子喜欢吃巧克力。但这些小朋友却摆着手拒绝了，你猜一个掉了几颗牙的小姑娘说什么？“It is not halal！”（那不是清真的！）我有些惭愧了，老人说，小孩子在这方面从小受大人教诲，生活在香港这样的环境里，随时都有可能在选择零食时吃到禁忌的东西，所以孩子们是不会接受陌生人给的东西的。我看了看巧克力，上面的确没有“清真”字样，只好装回自己的包里。

走到楼下，老人已经让身边的兄弟给我准备了一杯奶茶，他说，等会儿还要和这家穆斯林一起用餐。为了让他们真正找到家的感觉，真正回归，他们希望通过一起用餐的平台，再交流再认识。他希望我也能留下，但我因为还要赶往赤柱清真寺，只好委婉拒绝了。

（发表于2012年5月1日

《中国民族报·宗教周刊·文化》）

繁华中的静谧：香港赤柱清真寺

人其实是生活在一种感觉中。香港浅水湾附近的赤柱广场，前面是海岸，广场附近开着各种各样的欧式餐馆和饮品摊。如果不去想这里的地理落脚，把时空错位一下，一定会觉得自己不是站在东方某个旅游景点，而是站在欧洲、美洲的什么地方。世界各地的人似乎被任意挑拣了一些放在这里，让他们在共同的一个场景中享受共存的一刻。

我站在一个角落，一个奇怪的想法产生：不是哪一个人或哪个群体组成了这样一个场景，而是所有人共同的存在，在某一时刻产生了这样的全球化的片段。后现代社会，从人种上已经难以判断人们属于哪个洲、哪个国家。民族、族群、国家与地域基本上已经断裂，经过融合和一些“洗刷印染”之后，在这个场景里难以区分。这可能只有在像香港这样高度全球化的地方才能感觉到。

从广场出来，前往赤柱有名的监狱博物馆，其后还有一所监狱。我对监狱和监狱博物馆都没有兴趣，想去看的是赤柱下面那座金黄色的清真寺。

把清真寺和监狱联系起来，第一错觉是，肯定有很多穆斯林罪犯被关押在监狱，人性化的英国殖民者给他们提供礼拜的场所。其实不然，这是英国殖民者别出心裁的柔性治理方式。当年这里的确是监狱，不过狱警大多为印度人，其中有很多是穆斯林。赤柱附近不仅有监狱，还有狱警和他们的家，像一个简单的穆斯林社区，和中国西北的寺坊有些像。经过申请，也是为了稳住这些印度人，英国殖民者答应给他们一些地皮，让他们自己修建清真寺。

时间从1895年飞速地流向1946年，印度人设计出了类似南亚造型的清真寺，并自己筹集资金，盖起了这样一个具有历史意义，并被今天香港政府确定为文化遗产的清真寺。

进入赤柱清真寺，得经过监狱门口的安检。警察看到我过去，点点头，问我去哪里，我说去看看清真寺，他说随便看，不过不要拍照。

沿着通向海边的路走下去，赤柱清真寺就隐藏在路的右侧。再往下走，便有一种豁然开朗的感觉。不知道的人，难以区分这是哪个宗教的场所。外面没有大门，也没有人阻挡，只看到一个标识：进门拖鞋。推门进去，几个小朋友坐在地上，用木架支着《古兰经》，正在诵读。我认识的年轻阿訇坐在最里面，见我进来，热情地打个招呼，让我像在自己家里一样，他则继续教小朋友认读。

走出去看看四周，金黄色的墙壁，南亚建筑的风格。后边是一个洗浴的棚子。再进门，看到大殿分开两部分，用围栏挡着，一边是给妇女做礼拜的，一边是为男性准备的。小朋友见我进来说一声色俩目，然后用普通话字正腔圆地问我是哪里人，我说是来自中国内地的穆斯林。他们都笑了，我知道他们是在笑他们的伙伴讲的汉语我能听懂。

阿訇是个30岁的巴基斯坦人。他9岁来香港，在九龙清真寺念经，直到18岁能够完全背诵和讲解《古兰经》之后，被他在香港打工的爸爸带回巴基斯坦，举行结婚成人仪式后又带回来。一个阿訇就这样培养成了。他先在九龙清真寺做义工，后来被派到赤柱清真寺。

1995年，有人提议把空置的清真寺拆除，香港伊斯兰联合会得知消息，马上向政府申请，保住了清真寺。随后他们开始安排专人来守住清真寺。这个清真寺虽然比较冷清，只是偶尔有经过的穆斯林会用一下，但是它却隐藏着历史和记忆。

（发表于2012年5月8日
《中国民族报·宗教周刊·文化》）

些利街上的“摩罗庙”

在香港的些利街，路边竖立的路牌上写着“摩罗庙街”，英文翻译是Mosque Street。如果现在重新翻译，就是回教堂街、礼拜寺街，或者清真寺街。

南亚穆斯林来港时日已久。他们延续宗教习惯，在这里修建了自己的清真寺。摩罗这个称呼是有些贬义的。当时南亚各族群来港，当地港人见他们头缠长巾，留有长髯，且在街道上办理各种差事，于是就有了“摩罗差”这样的称呼。摩罗者，多指印度锡克教信徒。而由于对异文化的陌生，当地港人眼见各种各样的印度人，不管他们信仰什么，便统称为“摩罗差”了。这锡克教信徒的称呼转移到穆斯林的礼拜寺，于是就有了后面我们要说的摩罗庙这个名字，即些利街清真寺。

摩罗街是香港一个售卖古董的集中地，位于皇后大道西与荷李活道之间，分为摩罗上街和摩罗下街，上街的东面连接楼梯街。摩罗街自20世纪二三十年代起，已经是一个商贾云集，各种货品流通的市场。

沿着亚洲最长的室外电梯往上走，两边的各种小店、老建筑也随着电梯的上行而慢慢下移。一路上去，如果不仔细往左边看，很难发现半山腰上还有座历经百年的清真寺。如果不仔细看门牌，谁也不知道这个被称为“摩罗庙”的，就是香港伊斯兰教礼拜总堂、香港最古老的清真寺。

推开虚掩的铁门，沿着石阶走上去，看到一个石墙小院。走进院子，几间老房子一字排开。几扇门显然已经有了岁月痕迹，经历阳光的炙烤和雨水的冲刷，上面生了厚厚一层铜锈。往里面走几步，有一般家庭的布置所需，厨房、浴室、卫生间。如果不抬头仰望高高耸立的宣礼塔，也不走进礼拜殿，定会想，这不过是一个普通家庭的安然小院。

房子对面是宣礼塔和大殿。宣礼塔是一个由3层建筑组成的20米高的阁楼圆塔，其顶端是一个极具伊斯兰建筑特色的圆形外包，尖端处有一弯月牙和一颗星星。历史上，因为对和平与生命的向往，位居沙漠绿洲的阿拉伯穆斯林崇尚绿色，所以伊斯兰世界绿色的建筑较多。这座清真寺也不例外，包括宣礼塔、大殿，室内外都用绿色油漆刷过。

拱形宣礼塔后面是一个长方形大殿。据驻清真寺的伊玛目讲，该大殿长约70米，宽40米，可同时容纳1000多人礼拜。大殿前后用围墙分开，前面与门厅、宣礼塔组成一个整体。后面是大殿的主体，前墙上两边对称摆放着时钟和宗教书籍，南北两处是相互对称的窗户，整个大殿干净整洁、朴素淡雅。地面上有顺序地铺有礼拜地毯，供穆斯林礼拜时站立、叩头、打坐。大殿外侧东北角是一个水房，供前来礼拜的穆斯林洗浴之用，正东还有一栋年久失修的平顶楼，是伊玛目及工作人员的居所。

从大殿出来，门厅左边拱形墙上有一块记载这座大殿历史的铁牌子。铁牌顶端写着时刻为穆斯林诵念和铭记的那句话："一切赞颂全归安拉"，下面则用英文记载了该大殿整建、修葺的出资贡献者的名字，"该大殿始建于1849年，重建于1905年，出资者是来自印度孟买的艾萨克·埃利亚斯哈吉"。为什么是印度人出资呢？怎么把一座清真寺建在半山处？提及这些问题，那些历史长河中的记忆便会如潺潺流水，汩汩流出。

19世纪40年代，英国敲开大清帝国紧锁多年的大门，企图扭转贸易逆差。在一系列不平等条约签订之后，习惯了"以夷制夷"的英国政府大量招募印度人前来香港代治。那时，来香港的印度人中有大量穆斯林，他们多是每天坚守5次礼拜的信士，驻守之地就在些利街附近。正常时间上班、下班之后，习惯了做点小生意的"摩罗差"们便聚在一起，论长道短，以物易物。时日久了，就有了规模逐渐扩大的整个街道的市场。他们既做买卖，又在此聚礼。每到礼拜时，整条街道一排排站满了信众。当地港人不明白这些人究竟在干什么，他们有时提着几串腊肉沿街走过。那时没有现在这样便利的袋装，都是提在手上，伴着步伐，左右摇摆。有时腊肉碰到这些信士的身上，便会引起事端，双方不免发生一些冲突。后来，为了缓解矛盾，彼此相容，殖民政府就在当时很不起眼的半山顶上划出一片不毛之地，并于1850年与穆斯林签订"信托契约"，同意将此地租给穆斯林。从此，在这里安营扎寨的印度穆斯林（商人、服役兵士）便有了自己的礼拜场所。

异文化的作用，常会给他者留下许多想象。比如些利街这座清真寺，放在人类发展的历史长河中，的确不值一提。然而，仅仅160多年的历史，这座清真寺就被主体参与者多次重新命名。早期的摩罗庙是香港人对这些外来者的理解，后来还被称为“穆罕默德清真寺”，可能是沿用捐资者的名字，也可能以先知穆罕默德而命名，现在又改称“回教礼拜殿”。

从些利街清真寺走出来，看到一幢幢高楼大厦矗立眼前，一辆辆汽车在公路飞驰而过。在这个快速流转的都市，有一座清真寺静默地坐落在这里，成为香港穆斯林精神社区的核心之地和宗教认同的一个标志，实属不易。这座清真寺也曾接受过被拆掉的考验，不过还好，没有遭致噩运。习惯了在高楼大厦中穿梭的人，对这些所谓城市的“伤疤”多少有些厌弃感，但是不能忽略的是，正是这些低矮的、与大城市大发展的格调显得不一致的建筑，才见证了这个时代在历史轨迹上的一个个记忆。

（发表于2012年5月15日
《中国民族报·宗教周刊·文化》）

从铜锣湾时代广场到爱群道清真寺

到过香港的内地穆斯林，在寻觅清真餐馆用餐时，一定会听说过或去过位于湾仔爱群道的清真寺，因为在该寺的五楼有一家清真餐厅。在饥肠辘辘地寻找清真餐厅，或者在面对难以下咽的非清真食品时，听说在湾仔爱群道有清真餐，不管它是粤式还是港式，仅凭清真字样，也会想方设法去那里舒坦地吃上一顿饱饭。人就是这样，习惯了一种文化，或者在一种禁忌长期的熏染下习惯了某种生活方式，就会把这种生活方式当作最贴近、最合理的方式。内地穆斯林对清真的坚持和遵守，是在与不同群体、不同信仰的人交往过程中自我认同的一种标记。可能就是因为这种饮食上的差异和禁忌，使来自内地的穆斯林对于香港湾仔爱群道清真寺的熟悉程度远远大于游客云集的星光大道、铜锣湾时代购物广场和迪斯尼乐园。

香港的地铁四通八达，从罗湖上车，不用出站，直通湾仔铜锣湾。从铜锣湾地铁站出来，时代广场头顶悬挂的大屏幕上播放着全球某个角落正在发生的大事件，或者某个名牌的广告。一大群难以认出族群归属和国籍的男女老少，穿着五颜六色、各式各样的衣服相聚在此。说是相聚，其实他们可能互不认识，只是在此时此地组成了这样一个时尚的景观。经过一座立交桥，宛若步入一个20世纪二三十年代的香港街道。路边光着膀子吆喝的鱼贩，用纸牌手写标价的水果摊，还有一斤按照十六两计算的老秤，再抬头看到破旧的筒楼窗外悬挂的各色内衣外衣，回头看看刚才的时尚和现在的凌乱，感觉自己突然间处于时空错位中。

从熙熙攘攘的鹅街天桥下走过去，绕过两个红绿灯，在急促的“嘀！嘀！嘀……”声中快速地穿过马路，看到远处丽景酒店门口穿着长袍、留着长髯并用红布缠头的门卫，爱群清真寺也就近在咫尺了。这些缠头留长髯的南亚人，并非印度教徒或者穆斯林，而是香港人颇为熟悉的锡克教教徒。锡克教教徒有着禁止剃须理发的习惯，也有禁止光着脑袋外出晃悠的习俗，他们以素食为生，虔诚的教徒毕生不进肉食。

穿过湾仔丽景酒店的停车场，一栋乳白色8层高的大楼矗立在右侧的马路边上，这就是香港伊斯兰联会及爱群道清真寺的所在地。一楼侧门是穆斯林幼儿园，专门为附近穆斯林子女而设。拐弯过去，爱群道清真寺及伊斯兰联会的英文和阿拉伯文字样镶嵌在墙面上。如果不走进大楼，站在门外，习惯了接受多元文化共存的香港人，在熟视无睹的生活中，肯定不会对这个不起眼的大楼有不同的猜测。因为就在这栋大楼的另一侧，有一栋悬着十字架的大楼，那是湾仔区天主教的办公所在地。遥相呼应的两座建筑，能够毗连而建，也正好说明了香港不同文明、多种宗教、多元和谐共处的优良文化传统。

走进大楼，大理石的墙壁上，用彩色玻璃镶成的麦加禁寺天房图案，给熟悉伊斯兰文化的人一个明显的符号提示，这是穆斯林的地方。从台阶慢慢走上去，二楼是穆斯林礼拜前洗浴的场所。整个楼层隔开两半，一半为男性所用，另一半为女性所用。

三楼是专供穆斯林男性礼拜的大殿，平日人不多，但每到星期五，散居各地的穆斯林便会把整个大殿挤得水泄不通。有时候大殿位置不够，整个楼梯，甚至二楼都跪满了人。忙于生计的香港穆斯林在快节奏的生活下，平日不能赶到清真寺，但是周五的聚礼则从来不能少。在为平日香港穆斯林人气不足而叹息时，周五的聚礼上看到熙熙攘攘的人，则会为之振奋。

四楼是女性礼拜殿。香港穆斯林妇女会经常联络和安排生活在附近的穆斯林妇女，一起在这里完成主命。平日经过这层，总能看到人影攒动，因为在香港生活着来自东南亚印尼、菲律宾的近10万穆斯林妇女，这里是她们平时聚会见面礼拜的地点。周日放假，她们把这里当作自己的家一样，热闹地挤在里面，用自己的家乡话畅快地交谈过去一周发生的各种事情，或者带一点自己亲手做的家乡食物，边吃边聊。

五楼是众人所知的清真餐厅。香港人有喝早茶的习惯。到了周末歇息下来，晚起一些，约上亲戚朋友聚在这里，一边聊天，一边享用各式各样的港式糕点。像这样早餐午餐一起吃，就是香港人所谓的Brunch（即英文单词breakfast和lunch合在一起的命名）。周五下午的餐厅相当热闹，家庭聚会或个人用餐形式多样。据老板说，这里的生意，随着越来越多世界各地的穆斯林来港，也逐渐好转。过去这里只是卖一些类似大排档一样的食物，现在众口难调，增加了内地人喜欢的特色牛肉面，还专设了游客需要的快餐。

六楼的图书馆摆放着各种版本和语言的书刊报纸。另外，还有为社区穆斯林提供的免费医疗室，楼上几层则是伊斯兰联会的办公驻地。香港穆斯林青年联会和香港穆斯林国际信托基金会的办公地点也在此处。

走到七楼，敲开信托会从内地请来的阿訇杨兴本教长的门，热情的杨阿訇在招呼款待来来去去的人时，如数家珍地把香港爱群道清真寺的修建搬迁历史娓娓道来。据杨阿訇讲，爱群道清真寺原来并不在这里，而是位于与锡克教的白色庙宇相连的地方，也就是现在的跑马地那边。当时征地用地，香港政府与穆斯林社团商量，拆掉旧址，在爱群道这里重新修建了一座大楼。1981年，新建的清真寺开始投入使用。30多年来，爱群道清真寺和伊斯兰联会为香港穆斯林与内地穆斯林的联络以及世界各地穆斯林的往来互动搭建平台，提供方便，贡献良多。

（发表于2012年5月22日

《中国民族报·宗教周刊·文化》）

九龙清真寺：
走过百年的穆斯林精神家园

九龙清真寺位于香港九龙尖沙咀地铁旁，与香港九龙公园毗邻相接。

从尖沙咀地铁口出来，就可以看到九龙清真寺白色大理石砌成的大殿和四角竖立的宣礼塔。从远处端望，经历时代风雨的九龙地带，不同时期修建的高楼大厦所传递的建筑风格，似乎把几十年，甚至几百年挤压在一起。马路这边高耸着后现代社会建筑艺术的最新创意，那边却是一个破烂不堪的唐楼，旁边可能是时尚的购物中心，后面则隐藏着20世纪五六十年代建起的筒子楼，远处曾经被当作香港最具代表性的火车站钟塔被掩埋在高楼大厦里，作为历史遗迹而残存并受到保护。在这样一个全球化的城市一角，各种族群的文化标志一起呈现并见证着时空的转变、时尚的冲击和视觉的错位。

走近清真寺，站在台阶下面往上看，用阿拉伯文书写的苍劲刚健的“清真寺”几个字，加上两边窗户的拱形结构，传递着伊斯兰建筑的神韵。走上台阶，门口两边靠墙放着鞋架。前来礼拜和参观的人，都会先脱去鞋子，放在鞋架上，到后面的洗浴房洗去城市的灰尘和炎热季节的汗水，带着清凉的感觉走进去，看看这个香港穆斯林文化社区的精神象征。

清真寺分两个大门，左边为男，右边为女。熟悉宗教文化的人都会理解伊斯兰文化中男女有别，分而礼拜。两个门口各摆放一把椅子，我本以为是专门给门卫的，后来才知道是专门为长者礼拜后穿鞋子准备的。

脱去鞋子，走进礼拜殿，有种恍若隔世、远离尘嚣的清静感。向坐在柜台里的工作人员轻轻道一声“色俩目”，同时伸手握住，穆斯林兄弟之情便拉近了彼此的距离。说明来意后，把留着长胡须作为“逊奈”（穆圣曾经的行为）的印巴人后裔，便客气地要亲自带我参观。为了不影响他的工作，我决定还是自己楼上楼下四处看看。

楼下的大殿被清理得一尘不染。大殿两侧摆放着许多木制椅子，椅子中间专门做了一块木板，用以年长者礼拜叩头。大殿几个角落里跪着几位老人，他们手里各自捧着《古兰经》，默默地念着。走到他们跟前想交谈一下，一位老人抬起头，一个手指放到嘴边，做了一个不要讲话的手势，然后附在我的耳边说，这里不能随便说话，请保持安静。入乡问俗，入境问禁，我马上做了一个抱歉的动作。走出大殿，门口的印巴后裔从柜台里拿出两本《古兰经》说：“Arabic-Chinese，ok？（阿中双语的《古兰经》，可以吗？）”我欣然接受。

九龙清真寺是一个三层楼房建筑，第一层两边设有办公室、图书室、会议室和研读中心。平日，大殿中间摆放桌椅板凳，为日常面向社会开放提供专题演讲等所用，遇到周五或重大节庆，则挪开桌椅为礼拜之用。第二层设有教室，专供穆斯林青少年儿童学习宗教知识。第三层则是礼拜殿。当时设计时，可能多为男子入寺礼拜，因此左侧大殿宽大，右侧供女子礼拜的房间较小。

九龙清真寺何时开建？经历了什么样的历史过程？我带着这些问题找门卫咨询。他摆了摆手，建议我去找年岁大的穆斯林问问。后来，我有机会与阿里丁、黑洪禄两位于20世纪50年代从北京来港的长辈交谈，才了解到九龙清真寺的坎坷修建历史。

英国在割取九龙半岛之后，派大量印度士兵在此驻守，其中包括许多信仰伊斯兰教的穆斯林。他们申请了一个地方供日常宗教活动。1890年，政府同意在柯士甸道和弥敦道交界处提供临时场所，1896年建起清真寺。据两位老人讲，最初修建的清真寺沿用了印度伊斯兰建筑风格，主要出资人是驻军和他们的上司。当然，当时前来清真寺礼拜的是不同身份的印度穆斯林，如警察、海军、监狱警卫、船厂警卫、管理员、银行文员等。这些印度穆斯林以这个清真寺为依托，还成立了伊斯兰国际信托组织和香港伊斯兰文化中心，伊斯兰文化藉此渐渐在香港传播开来。

经历近百年的风雨洗刷之后，九龙清真寺的原貌不在，而且内部也有损毁现象。1975年之前，该寺曾经花大力气进行过多次修葺改善，但是未经建筑署许可和批准，完全拆除重新修建的计划还是难以付诸行动。直到1976年，香港政府因修建地下铁路于尖沙咀清真寺旁边，使清真寺本身简陋的建筑处于危险境地。在这样一个背景下，修葺计划才获得批准。1978年，新建九龙清真寺的项目破土动工，历时6年，直到1984年才竣工。新建的九龙清真寺，占地面积1500多平方米，耗资近3000万港币。

如今的九龙清真寺不再仅仅是香港穆斯林的宗教活动场所，更成为来自世界各地的穆斯林的精神家园。在九龙清真寺旁边，步行5分钟有一栋“重庆大厦”（相信看过王家卫电影《重庆森林》的人都熟悉这个地方）。来自不同国家的小商贩云集于此。他们把大量中国内地生产的服装和电子产品，经此中转运到非洲诸国或者南亚的印度、巴基斯坦、尼泊尔、孟加拉、斯里兰卡等国。这些商贩中，穆斯林占有一定的比例。平日到礼拜时间，他们会放下手中的生意，疾步前往九龙清真寺做礼拜。每到周五聚礼，九龙清真寺则是拥挤不堪。这些来自世界各地、不同种族和族群的穆斯林，纷纷抬起手，用同样的语言和仪式，清扫内心的信仰宫殿，在金钱和利益至上的香港，守住这块净土而不至于随波逐流，不会迷茫而丧失自我。每次礼拜时，他们穿着在他们各自看来干净整洁的衣服，齐齐跪下，面向麦加的方向，一起完成功课。当虔敬地叩头时，看到各种肤色、大小、粗细不同的手轻轻放在脚下的地毯上，一种强烈的超越边界和文明融合的感叹便会油然而生。人就是这样，在宗教的作用下，聚拢在一起，超越族群认同的边界，在那一时刻一起共度礼拜的安心和充实。

（发表于2012年5月29日

《中国民族报·宗教周刊·文化》）

走近跑马地“回教坟场”

年事较高的人，像风中燃着的蜡烛一样，说不定来一阵风，就被吹灭了。我的忘年交朋友，在一次外出的途中，突然晕倒，不到3个月就走了。因为当时我不在香港，没能给他送行，回到香港，想要做的第一件事，就是去坟场看看“他”。

过了海底隧道，再穿过爱群道，就能看到半山处一个个错落有致的墓碑，像一个个守护山头的卫兵，纹丝不动地立在那里。这就是有名的跑马地坟场。

坟场的门口有“回教坟场”几个字。强调是回教坟场，是因为隔壁紧接着就是天主教、基督教等不同宗教的坟地。人就是这样，活着的时候，因为不同的认同而分门别类，在去世之后，也要人为地分开埋葬。其实去世的人是断然不知的，这不过是活人的作为。

门外车水马龙，人们都匆忙地赶时间；而门里面，寂静如世外。进入坟地，还得从一条稍微陡峭的路走上去。站在坡地往上看，远处犹如一个与世隔绝的空旷之地，我突然想起一个名字“天堂口”。的确，这是通往天堂之路。

虽说香港人繁忙，不过还是不忘纪念亡者。步入坟地，碰到一对夫妇，男人手里抱着一束花，女人跟在后面。见我进去走坟，他们微微一笑。见他们和蔼礼遇，我便追问一句，“怎么没有把花放到里面啊？”男人停下脚步说：“我的已经放到坟上了，这是我太太给她妈妈准备的，她妈妈的坟墓在天主教那边。”“那你是穆斯林吗？”男人反问我一句。“你说呢？”我担心造成误会，赶紧礼貌地说：“来回教墓地，肯定是啦。”男人竖起拇指说：“是啊，不过我太太是天主教信徒。刚刚我们去给我的父母上坟送花，现在去她妈妈那边。”

整个坟场是把一座山像过去中国修整梯田时一样分段挖好铺平，然后把亡者一个个按照既定尺码埋下去。来时也没有打听，我的忘年交朋友具体在哪一层“睡土”，只好一层一层往上走着寻找了。

从第一层走过去，有些亡者用很精致的大理石做了墓碑，周围还设置了放花的瓶子。墓碑上写着亡者的名字、生卒情况和修建墓碑者的名字。有意思的是，很多墓碑上都刻着一家人子孙几代，像一个勾勒宗族和亲属关系的树形图。有些陈旧的墓碑上，隐隐约约写着几个字，墓冢周围也生了杂草。我想，埋在下面的人，对上面的样子浑然不觉，只是黑了活人的面子。不知道的人路过，可能只会简单地一瞥，而熟悉的人可能会说三道四地批评儿孙的不孝。所以，墓碑的好坏，其实不过是活着的人要面子，或者有孝心，还有可能是希望亡者能够照应到活着的人。有些墓碑已经成了断壁残垣，想必这些坟墓存在的时间已经超过了亡者本人的生存时间，可能连他们的后代都已经入土安睡了。

有些墓碑是用英文和阿拉伯文雕刻字的，我不知道其他地方的穆斯林会不会像中国人一样讲究土葬留下坟冢，而在跑马地的坟场，的确能够看到外国穆斯林的墓碑。这些墓碑虽然从符号上看是异文字，但是要传递和表达的意思，以及所属的纪念样式，则与中国人墓碑别无二致。

再往里走，小坟、大坟整齐地排列在两边，年久失修的并没有因为墓冢的破烂而被拿掉，毕竟有个人“睡”在下面。我不知道当时能放下去一个人的墓地卖多少钱，现在就这么一小块都在10万港币左右，当时的买卖今天也算是一种私有财产了，自然不可随意拿掉。

经过一个坟墓，看到墓前的花瓶中插着白玫瑰和百合花。旁边放着一个小坛子，里面铺着细沙，上面插着一根香烟。上坟的人可能刚走，香烟燃烧了一半，我有些惊愕地想动手拿掉，但是又没有去动。万一被尚未离去的亲人看到，就不好解释了。一个地方一个习惯，或许前来探望的人，并非穆斯林，不过埋在下面的亲人是穆斯林，所以他用适合自己信仰习惯的方式来纪念亡者。各有各的理解，我们能做什么呢？

可能是因为第一层在路边，好面子的人都不希望被人指戳，所以这一层的坟墓，除了年久失修连名字都看不清的墓碑没有经过打理，其他都经过了像模像样的整修。有的墓碑占了很大一块，上面雕刻着金色大字，俨然是向路人展示儿孙的孝顺和他们强劲的经济能力。有些墓碑则像活着的人一样，虔谨地立在那里，谦逊不张扬，不大不小，恰到好处。

第二层多了一些英文和阿拉伯文的墓碑，零星夹杂着几个汉文墓碑，不过有个共同的特点是，墓碑的顶端都写着“奉至仁至慈的真主之名”的阿拉伯文。有些因为前往麦加朝觐了，名字前面标识着“Haji”、“Hajia”字样。英文和阿拉伯文的墓碑上，有些也加上了立碑人及其家人的名字，有些简单地写着亡者的生卒和名字，再加上一句“求主减少对他的惩罚，提升在天堂的品位”。中文墓碑则比较详细，几代人的名字都写在上面，有些甚至还加上了籍贯和曾经获取的功名。仔细阅读下去，这边一个男性，那边一个女性，埋葬的时候，对于亡者，没有再像活着的时候那样男女有别。

看着这边一个英文墓碑，那边一个中文墓碑，各式各样，来自不同地方。我不由地产生了一个奇怪的想法，人出生时，谁也不曾料到将来自己会在哪里安葬。出生时，有个邻居，而去世之后，旁边的邻居是谁呢？长期生活在一个地方的左邻右舍，可能因为有个公墓而大概知道一个地方，有些年长者兴许还会早早在坟地给自己选好一块地，也知道旁边躺着的那个人。而在香港这个地方，人来人往，“睡”在旁边的那个人，是根本无法预知是他还是她，年长还是年幼，黑人还是白人。

在第三层我看到一个新修的坟墓，走过去仔细看了墓碑，就是我的忘年交朋友的。内心不由地热了一下，不是兴奋，而是一种酸楚的泪吧，忍住之后，没有地方流走，只好流进心里。朋友的音容笑貌，他说话的方式，还在我的眼前不断浮现。现在他已经静静地躺在下面了。我们本约好一起去西北少数民族地区的，我们还计划好好地帮扶内地贫困地方的儿童读书。好多次我们坐在茶餐厅一起喝着奶茶，聊着他过去那些丰富的经历。有一次他开心地说，已经知足了，活了一辈子，能够安心地去面见养主，自己问心无愧。养主喜欢能够安置在天堂的某个地方，就心满意足了。

轻轻抚摸一下墓碑，我想起和他一起爬山、扶着他的脊背的经历。他固执地推开我说，我还可以，没有那么老。整理一下墓冢上的一些杂物，我想起他曾经的勤俭和无私。自己吃饭穿衣都简简单单，但是对来自内地的访者或者遇到贫困者，他常常是慷慨解囊。站在坟墓边上，我寻思着做点什么，可能他的其他朋友也刚刚来过，墓前摆放着鲜花，让我想起他的微笑。本来要忍住眼泪不让流的，可是在心里已经积满了。我拿出纸巾，一边擦拭，一边默默地为朋友祈祷，祈祷养主能够减少对他的惩罚，提升他在天堂的品位。

（发表于2012年6月5日
《中国民族报·宗教周刊·文化》）

走进湾仔陈东里七号

认同是一种具有无限力量的东西，可以左右人的价值趋向，可以让人依此作为精神的寄托。5年前来香港时，初来乍到，人生地不熟。第一天没有找到清真食品，饿着肚子过了一天。当晚饥肠辘辘难以入眠，只好坐起来打开电脑，寻找香港穆斯林、餐厅和清真寺。当我在网络上找到清真寺和餐厅的简介时，颇为激动，一天没有吃东西和担心这样下去可能难以坚持的忧虑顿时烟消云散。让我尤为兴奋的是，香港不仅有穆斯林，而且还有中国穆斯林社区。中国穆斯林的社区中心位于香港湾仔陈东里七号，让我更多了几分期待，因为这里就是香港中国穆斯林宗教社团中华回教博爱社的驻地。

按照地图所示，我坐火车到了红磡站，换乘城市巴士，来到鹅颈街桥，顺右手走进去，墙上悬挂着绿色月牙和五角星牌子的地方，就是陈东里七号。熟悉伊斯兰文化的人，自然会明白这个标志的象征意义。一栋红色大楼，墙面上大大地写着“中华回教博爱社”几个字，旁边是英文标志。大楼门口是极具伊斯兰建筑风格的穹窿门楼，旁边用阿拉伯语刚劲有力地书写着“万物非主，唯有真主”的字样，总体呈现出多元文化下的伊斯兰特征和穆斯林的文化符号。一种犹如回到故里的自信和认同，使我毫不矜持地推门而入。几位工作人员各自忙碌，我先主动道一声“色俩目”，他们便知这是自家兄弟，彼此介绍一下，寒暄几句，然后继续忙碌。

我提出想看看楼上楼下的格局和设置，热情的秘书说，都是自己人，上去看吧。说着，她指了指大厅一角的桌子上的书说，那些都是有关博爱社的，有兴趣就去翻阅一下。我顺手拿起一本页面泛黄的书，上面写着“中华回教博爱社建社40年特刊”，绿色封面上嵌套了博爱社大楼的外景。翻开稍有褶皱的扉页，上面写着博爱社的建社背景和经历40多年的历史过程。后面是不同时期博爱社委员会的成员名录、简介、活动照片和博爱社成员对不同事情的记述。看到这些，我一下子陷入浓郁的阅读兴趣当中，有些难以释手。见我站着阅读，博爱社秘书走过来，示意我坐下慢慢读。

19世纪末，香港在英国殖民者的统治下，成了一个多种族群、多元文化交流互动的地方，来自世界各地的淘金者，带着来自故土的浓郁文化，自由地展现和表达着各自的身份。那时候的香港，虽然中国穆斯林的踪迹稀少，不过浓郁的伊斯兰文化在印度穆斯林的承载和传播下，已经落地生根并开始生根发芽。据博爱社特刊记载，一战前后，南粤一带如广东肇庆、番禺的许多穆斯林，在战争的推拉下，走过罗湖，来到香港另谋生路。这些先行而来的人开始在湾仔跑马地和尖沙咀一带活动，后来在湾仔安家立业。中国人传统中的帮带和穆斯林之间的兄弟姐妹情分，使他们成了内地穆斯林的投靠之地，也逐渐形成了位于今天博爱社社址的中国穆斯林社群。

逃难而来的人，人生地不熟，他们没有别的办法，只好找清真寺，找自己人。先行而来者已经在湾仔站稳脚步。每每有人远道而来，他们不仅安排食宿和组织大家一起坚守伊斯兰教信仰的主命，还帮他们找工作，想办法让这些人在一起共同生活。日积月累，越来越多的人逐渐聚集起来，他们起初在一个穆斯林的家里做礼拜，直到1917年建立了首个香港穆斯林的精神社区——中华回教博爱社。

自此之后，香港穆斯林有了一个固定的宗教实践和日常生活的公共场所。为了穆斯林信仰的承接与传递，他们加强与广东广州、肇庆、番禺甚至广西、云南等地的联络，邀请阿訇来香港开学讲经。几十年来发生的事情，都似乎就在昨日。博爱社特刊上记载着这样感人的事情：形成社区的中国穆斯林，为了促进一代代人不忘信仰，他们组织办学，并且一家一户地上门拜访，要求穆斯林家庭的子女不仅接受学校教育，还接受宗教教育。就是在这样的方式下，香港穆斯林才一代一代薪火相传，没有因为在都市的繁忙和现实社会的华丽而放弃精神支柱。为了让老人老有所养、老有所依、老有所终，博爱社执委会专门举办老年会，慰问和照顾生活有困难的长辈。当年的组织者今天虽然只在坟头留下了一些墓碑，但是他们曾经的付出的确在香港穆斯林群体中有口皆碑。就是因为那些一心为了宗教，为了香港穆斯林的延续与承接的人，才有了今天香港穆斯林依然明晰可见的宗教团体和社区。

中国穆斯林在香港走过的历程，艰辛中有着苦涩，苦涩中有着甜蜜，甜蜜中有着饱满的精神。翻阅特刊，历史脉络中记录着中国穆斯林因为自强自立而没有被淹没在都市的繁华中。如今的中华回教博爱社在起着什么样的作用呢？带着这个问题，我和博爱社的杨秘书长进行了一次讨论。

杨秘书长说，自改革开放以来，我们就加强与内地穆斯林的交流与互动。香港回归之后，香港穆斯林在爱国爱教的基础上，继续加强穆斯林孩子的教育，通过办学和日常活动增强彼此的认同、互动和交往。为了让香港穆斯林在香港也有一定的声音，博爱社组织和联络成立香港六大宗教座谈会。在促进穆斯林文化方面，博爱社专门拿出资金，在香港中文大学人类学系成立了穆斯林文化遗产研究中心，邀请世界各地的学者来香港进行有关穆斯林社会和伊斯兰文化的交流，为香港人更多客观地理解伊斯兰教搭建了一个良好平台。不仅如此，博爱社还加强与内地的交往。博爱社慈善基金会成立了研究生奖学金计划，面向内地高校的穆斯林研究生、研究穆斯林社会和伊斯兰文化的学子，帮助他们，使他们不因为经济压力而耽误学业。时至今日，他们已经在甘肃、宁夏、青海、陕西、北京、云南、上海等地十所高校开展奖学金计划，有近200名研究生接受了资助。

从创建到今天，中华回教博爱社已经走过了风风雨雨的95年。博爱社的成员基本上都出自香港穆斯林家庭，他们平日各自为一家人的幸福生活忙碌，每到周末，他们在博爱社聚会一起学习《古兰经》，交流和学习宗教知识，还分享生活中的酸甜苦辣。香港中华回教博爱社在漫长的历程中，为世界各地的穆斯林提供了方便，为香港不同族群和社群的交往、认识和熟悉搭建了平台，促成了内地与香港穆斯林之间更多的交流与往来。香港回归祖国怀抱已经15个年头，坐落在东方之珠这块宝地上的中华回教博爱社情系祖国，不仅在教育、宗教慈善方面尽力，而且在两地民间交流方面不断做出新的贡献。

（发表于2012年7月3日

《中国民族报·宗教周刊·文化》）

与穆斯林青年会在一起的日子

今年5月，香港穆斯林青年会前往赤柱清真寺参观学习。

记得第一次去香港穆斯林青年会的办公地点，让我多少有些难以接受：这么简陋的办公地点，能做什么事情？不过在后来几年的时间里，和他们一起走过的路和做过的事，却让我至今对当时的藐视感到惭愧。

那是一个星期五的下午，在湾仔爱群道清真寺做完一周一次的聚礼之后，来自巴基斯坦的朋友扎克邀我一起坐下聊聊，问我是否有兴趣参加香港穆斯林青年会，我了解情况后欣然同意。然后他问我是否有时间一起去看看他们的办公所在地。我问他在哪里，如果太远，下次有机会再去。他说就在楼上。到了楼上，我这才看到，在一个与楼下卫生间一样的房门上挂着“香港穆斯林青年会”的牌子。他拿出钥匙微笑着说：“别介意啊，我们的办公室是由卫生间改造而成的，你知道的，香港寸土寸金，我们没有足够的资金去租外面的楼房，再说我们的成员都是在各自家里办公，这里只是一个点，可以组织见面，收集信件和堆放杂物。就这间房子，得来也很不容易，是香港伊斯兰联会借给我们的。”

说着他拿出一个加入青年会的表格让我填写，我看到这样的情景，的确有些失望，而且也没有多大的信心，认为他们做不出什么事情，于是就信手填完表格交给他。就这样，成为青年会会员的事情也就丢在脑后而没有重视。直到有一天，收到扎克的邮件，他郑重其事地写着，经过香港穆斯林青年会委员会成员审核并商议通过，批准我成为青年会会员。欢迎我的加入，希望我能够履行义务，参加活动。我有些轻蔑地想，就那么个地方，还要经过审核批准？我出于礼貌，给他回了信，说了些感谢的话。

在一个星期三的早晨，扎克打来电话问我周六有没有时间？本来要发邮件告知的，担心来不及，为了早点统计准确人数一起去香港穆斯林联会哈智林士德护老院参加敬老爱心活动，于是他就直接打电话确认。前面的疑云尚未褪去，听他说有敬老爱心活动，我也是真想看个究竟，这些香港的穆斯林青年究竟在做什么。周六的早晨，我们如约在地铁屯门站见了面，有几位曾经在清真寺见过的青年会员已经提前到了，还有几位是第一次见面。互相道一声“色俩目”，扎克给我一一做了介绍。这些青年会的会员，有的还是在读大学生，有的在银行上班，有的自己创业，而我也是在这次才知道扎克是青年会的主席，他自己在香港重庆大厦经营一家巴基斯坦风味的餐厅。扎克说，平时这些穆斯林青年都忙碌自己的事情，大家选择共同方便的时间一起出来做事。

扎克对当天的活动做了介绍，他说，护老院的穆斯林长辈虽然有良好的护理和照顾，不过他们的子女都忙于工作，疏于问候和交流。我们这些年轻人都有老的一天，去看老人，就是给自己一个警示，抓紧今天的时间，不要虚度光阴。扎克郑重其事地说着此行的目的和意义。这些老人，和我们交流交流，也让他们开心一点，说不定哪天就走了，希望他们不是带着孤独和遗憾而去。

进了护老院，老人们正在用午餐，青年会的成员拿出事先准备好的礼物，按人头发放下去，然后各就其位，一边寒暄，一边给老人们喂饭。护老院的老人，见有人来看望，眉开眼笑，有些甚至开心的像幼童一样手舞足蹈。老人们用完午餐后，成员们走进老人的寝室清理卫生，然后集中在护老院的礼拜堂，一起聆听了一位学人讲解了“伊斯兰与尊老爱幼”。整个探望历时两个多小时，临别时看着老人们恋恋不舍的样子，几位青年会女孩潸然泪下。在回去的路上，一位入教不久的香港女孩说，以前工作赚钱，总是追赶时髦，只知道疯狂地购物。后来接触伊斯兰教，让她彻底改变了过去那种只为自己着想的自私行为，参加青年会的活动，不仅学会了如何爱人，而且也使生活饱满，更懂得珍惜时间，做一些有意义的事情。另外一位在港大读书的青年小伙说，在青年会，感觉像多了许多兄弟姐妹一样，作为独生子，从小都是一个人，现在和这么多有信仰的人一起出来做事，而且经常保持联系，不再觉得这个世界丢下孤独的自己不管。扎克在回去的路上极为开心地说，我们经常通过开展类似的活动，既帮助了人又没有让自己虚度光阴。穆斯林青年在一起互相照顾，一起分享生活中遇到的各种事情，共同探讨生命的意义和生活之道，既加强了凝聚力，也增加了兄弟姐妹之间的感情。在都市快节奏的生活中，驻足做一些不追赶时间和效率的事情，会让参与者歇脚反思，不再那么心急火燎地为了达到某个目的而不择手段，不顾一切。

参与了护老院的活动之后，我也似乎在香港找到了属于自己的落脚点。后来跟随香港穆斯林青年会又参与了不同的活动，包括与穆斯林青年一起听演讲，前往幼儿园和小朋友们一起玩，和小学生一起过斋月，为贫困地区的孩子募捐衣物等。另外，青年会成员还经常组织一些增加兄弟姐妹之情的集体活动，比如一起打保龄球，一起郊游，一起聚餐吃烧烤等，通过丰富多彩的活动，共同营造大家庭的气氛。过去，香港一些穆斯林青年因为缺少沟通、交流和认识，找不到合适的伴侣而终生未婚。有了青年会这样的团体，也为青年一代选择伴侣搭建了平台。

青年会在做信仰保育工作的同时，也在促进香港各个宗教团体之间的交流与对话。最近，青年会组织安排了以“周五聚一聚”为主题的对话活动。青年会邀请香港六大宗教（基督教、天主教、佛教、道教、孔教、伊斯兰教）的青年，在中华回教博爱社的会议室举行了以促进不同宗教认识与和谐共处为主题的活动。来自不同宗教的青年知识分子，在热烈的气氛中共同探讨不同宗教的人生观和价值观。

香港穆斯林青年会成立于1973年，在近40年的成长历程中，为不同穆斯林族群内部的联络起着纽带作用，同时也推动了香港不同族群对于伊斯兰教的认识和了解。诚如曾经担任青年会主席的一位先生所言，人除了履行家庭的责任之外，还要承担社会的责任。培养青年人的责任感，就是要让他们积极地参与到一些可以体现奉献精神的活动中去，这样才会让他们不再仅仅为自己着想，让他们在参与中感悟作为社会个体的存在价值。香港穆斯林青年能够一代代薪火相传，能够有责任、有目标、有精神地活着，社会参与和社会贡献的理念起着积极作用。

（发表于2012年7月10日
《中国民族报·宗教周刊·文化》）

香港回教妇女会的慈心善举

打开《中国伊斯兰教百科全书》第611页，介绍“香港回教妇女会”的词条中是这样描述该组织的：“伊斯兰教社团，1953年成立，会员包括香港不同种族的穆斯林妇女，主要任务是对香港穆斯林妇女的各种活动进行指导，维护妇女合法权益，发展福利，辅助会友，推动教务。除了与香港本地伊斯兰教团体保持联系、合作并举办各种宗教活动外，还经常发动会员为教内外人士提供社会福利服务……”

文化背景决定思维和创造力。对于“香港回教妇女会”的理解，最初我以为该组织不过是类似于内地的妇联组织，只是加上一个像某个少数民族的名称而已。香港没有民族识别和划分，只有根据国别的族群分类，于是回教妇女会就选择了以宗教命名。

在我的记忆中，家乡的穆斯林在节日的清真寺聚会上，男人往往挤在清真寺大殿里礼拜，女人则按照年龄长幼而另有安排，德高望重的老奶奶们可以在大殿的后面找个位置跪下，年轻者则只能站在外面看男人们做礼拜。香港穆斯林对待妇女的态度，对于习惯了家乡传统的我，最初还真有些不适应。本以为在香港这个国际大都市，穆斯林妇女也一定是赶超后现代的时尚潮流而打扮入时，很难看出她们是穆斯林的样子。想象和固见的确会误导人，也一定会让你惊讶。记得一次我们在博爱社的礼拜堂里做礼拜，突然有几位头戴围巾，穿着宽松长袍的妇女走进来，紧跟在后面做起礼拜。可能是习惯了内地的那种方式，她们进来，我就开始不自在了。

做完礼拜，杨阿訇介绍说这位是香港回教妇女会主席王香君，那几位是副主席和几位干事，她们最近忙着收集衣服和书包，内地的孩子们暑期后又要开学了，要提前为他们准备好礼物。

我虽然在听着杨阿訇的介绍，不过还是没有摆脱刚刚的不安，阿訇看出我的窘态，说，内地来的人都会有这样的感觉。男女是平等的，应该给她们更多实践信仰的空间和自由。然后他说，香港的清真寺都专门为穆斯林妇女准备了礼拜场所，爱群道清真寺的妇女礼拜殿在三楼，男性礼拜殿在二楼，九龙、柴湾、赤柱、些利街等清真寺也都有妇女礼拜殿。这些长辈们平时都这个装束吗？我还是没有摆脱自己大脑里形成的对后现代大都市女性着装的思域牢笼。阿訇说，当然啊，她们是穆斯林，这样的衣着宽松舒适，而且遮住头发，大方美丽，干净整洁。说实话，当时我很难把香港与这些穆斯林妇女的着装联系起来，不过她们后来的各种行动，却让我感动和敬慕。

做完礼拜，我问她们，这样的衣着会不会被歧视？王香君微微一笑，说，怎么会呢？香港是一个自由的社会，人人都有自己的选择。我这半辈子都是这样的穿着，从来没有感觉到什么歧视，很多时候反而感觉到的是一种特别的尊重。我们坐巴士，有人会主动让座，走在街上，人们会有意保持距离，我觉得是一种很好的自我保护。另外一位干事风趣地说，我们经常被当作马来西亚的穆斯林，时而会碰到人们用英语向我们打招呼问候。当我们用流利的广东话回答时，提问者也会惊讶地说，香港穆斯林啊？她又说，这是一个很好的标识，可以通过衣着来促进更多的香港人认识穆斯林，了解伊斯兰教。是啊，杨阿訇接着话说，现在欧洲媒体蒙蔽和玷污了穆斯林的形象，我们香港穆斯林妇女的形象对他们来说是一个很好的反驳。

我提起妇女会姐妹为内地的孩子收集衣物和书包一事，杨阿訇说，兄弟啊，穆斯林妇女会的这些老人们真的是付出了太多。她们忙完家务，挤出时间参与到慈善救助活动中。前年她们去内地考察，看到很多孩子穿着补丁摞补丁的衣服，没有书包和学习用具，回来就做了计划，马上行动起来，收集衣服，购置学习用具。经过几个月的辛苦劳动，她们现在已经准备了十几包物品，这几天整理好就寄过去。王香君说，是啊，你有没有时间啊？我们需要几个苦力，帮我们快点寄过去，一天都不能再拖延了。我点头允诺一定去。

周日的早晨，我们相约在湾仔妇女会的办公地点见面。进了门，十几包衣服已经折叠整齐装在蛇皮袋子里，十几个手推车摆在门口。我以为会有一大帮年轻人来一起邮寄，但来的却是年过古稀的一帮老人。这怎么可以？王香君说，没有问题，我们都已经送过好多回了，别看我们年龄大，但是骨头硬朗，力气大着呢。说着，她带头拿起推车，把一袋衣服放在上面，然后捆好，其他人也各自忙碌起来，一会儿就准备就绪了。王香君这时放下手中的推车说，我们一起做个祈祷吧，说着她举起双手，祈求我们能够安全顺利地到深圳的邮局，这些衣服能够很快的到孩子们的手里，让他们开心地去上学读书。祈祷完毕，我们一起出发。

从湾仔到罗湖，这些年迈的穆斯林姐妹真的并不畏惧，从铜锣湾地铁到罗湖口岸出口，换乘数次，楼上楼下搬运，一个个累得气喘吁吁，汗流满面。终于到了罗湖口岸，她们放下推车，拿出纸巾，长长舒了口气。看着她们像完成了一件大事或者一个使命的开心样子，我也在为她们有着这样的善心和善举而感动。

在罗湖寄出包裹之后，几位老人的确已经累了，王香君笑了笑说，今天又是一个很好的身体锻炼，回去继续努力啊，因沙安拉（托靠主），我们下次多找几个像伊斯哈格（笔者的教名）一样的年轻人，多寄出去一些包裹。

回去的路上，王香君说，香港回教妇女会也协调解决穆斯林家庭中妇女权益保护的问题，她们定期访问一些年迈的老人，让他们安度晚年。看着她严肃认真的样子，我故意开玩笑说，阿姨您芳龄啊？她笑了笑，说，这是我的秘密。我知道的，已经是古稀之年的她，以刚强不老的心态，带动妇女会成员，帮助比她年轻和年长的人。

回到寓所，打开电脑，我看到香港回教妇女会在过去几十年的日子里，的确做了很多事。正是因为她们不可或缺的“半边天”作用，使香港穆斯林和其他信仰伊斯兰教的族群更有可能一起开心安逸地过日子。

（发表于2012年7月17日
《中国民族报·宗教周刊·文化》）

爱国爱教的“香港回教协会”

6月20日，香港《明报》“世纪Interview”栏目刊登了采访白先勇先生的文章。在该文中，白先勇说父亲白崇禧是一个开明的人，“从来没有阻止过自己的追求”。为了证明这一点，白先勇举了一个例子：他的父亲是穆斯林，在一般伊斯兰教家庭里，子女都自动成为穆斯林。不过“开明”的白崇禧从来不“强求”子女，任由子女选择，所以他就不是穆斯林。

或许这是事实，也或许这是白先勇为自己今天的身份和认同提供的一种解释，是为自己放弃伊斯兰教，选择天主教，甚至后来更笃信佛教的一种开脱。白崇禧将军对于自我身份的认同，对于伊斯兰教的态度，历史记载中他所做出的那些贡献，与白先勇的回忆有些出入。不过，如果用香港穆斯林的现状去反观当时的情况，可能有些内容还是真实的。就像前几天与一位香港穆斯林在麦当劳里聊天谈及此事的反应是一样的。香港穆斯林朋友说，这种现象的确存在。香港穆斯林家庭的信仰出现青黄不接的现象，并非将军一家，毕竟很多华人穆斯林家庭的子女有改选其他宗教的现象。不过话说回来，也有很多香港人在逐渐认识了伊斯兰教之后，走上皈依之路。白先勇先生今天在文学领域所取得的成就，是中国人的骄傲。但先生放弃伊斯兰教的信仰，在穆斯林看来，多少还是给白崇禧将军脸上抹黑了，因为白将军在世时，的确是一个爱国爱教的回回人。这样说，自然是有依据的。20世纪30年代，国难当头，把爱国与爱教集于一身的白崇禧将军，与王静斋、时子周等人成立了中国回教救国会，后改为中国回教协会，白崇禧出任第一任理事长。

这也是中国回教协会起源的基本历史，正是因为这样的一个发起，才有了今天在香港和台湾依然存在的"回教协会"。

回教协会在香港的全称是香港中国回教协会（Hong Kong Chinese Islamic Federation）。在回教协会的网页中，有一段文字，既记录了当时协会成立的历史过程，也表明了那一时期的社会转变。文中写道：回教协会的前身是中国回教协会香港分会，由国民党前元老白崇禧将军创立。1949年，新中国成立后，香港教胞热爱祖国，认为有需要改组，在香港注册成立了今天的香港中国回教协会。香港中国回教协会的办会宗旨是爱国爱教、团结教胞、认知祖国。

可能是因为看到《明报》中白先勇先生的那些文字，也可能是过去几年参与回教协会的一些活动，接触了一些成员，很多有关回教协会的经历和故事，像一幕幕画面，浮现在眼前。

在一个星期五下午聚礼结束之后，中华回教博爱社的杨阿訇把一位年过七旬的老人介绍给我，说，这就是回教协会的主席徐锦辉教亲。徐主席希望我能与他一起去看看些利街的清真寺，顺便在路上向我介绍回教协会的历史。

回教协会第一届主席是已故的刘就先生、副主席是白洁之先生。1958年，应刚成立不久的广州市伊斯兰教协会的邀请，白洁之先生、白建中先生、马绮然女士、马桂英女士组成参观团，一行20多人到广州、从化等地参观祖国的社会主义建设成就。回教协会自此开始经常组团回国，参观游览。先后到过北京、郑州、洛阳、西安、成都和广东省各大城市。从1971年到1978年，举办了17次共501人的回国旅行团，加强了香港与内地的联系，使香港广大穆斯林通过耳闻目睹，对祖国有了一个真切的认知。

1997年8月1日，回教协会修章为香港中国回教协会有限公司。选举李伦杰为主席、脱志贤为副主席。其后脱志贤因为工作繁忙辞去副主席职务，改由秘书徐锦辉兼任代副主席。1997年12月，因李伦杰年事已高，会员大会一致选举李伦杰为会长，徐锦辉为主席，罗华为副主席。

回教协会为表达香港穆斯林的爱国之情，自1959年10月组织教胞庆祝中华人民共和国成立10周年联欢晚宴始，以后每年都举办国庆活动。20世纪六七十年代每年举办的国庆联欢晚宴，均邀请伊斯兰国家驻港使节及内地知名人士参加。1959年，回教协会还创办了会刊《回民通讯》，以弘扬伊斯兰文化，反映教胞生活动态，关注和报道国内建设的成就。

回教协会旗帜鲜明，始终坚持爱国爱教的宗旨。1994年，为了广泛发动教胞共同庆祝国庆，回教协会倡仪香港各个回教团体联合举办香港回教教胞庆祝中华人民共和国成立45周年活动，1995年又连同中华回教博爱社参加了由道教、天主教、基督教、孔教、佛教、回教等各大宗教首次联合举办的香港宗教界人士庆祝中华人民共和国成立46周年国庆活动。

回教协会一贯积极参与社会事务，包括立法会竞选立法会议员及特首选举的工作。回教协会在全体执委及会员的积极努力下，在团结教胞、团结群众、为香港社会稳定和发展等方面做出了积极的贡献。

听了这些，我深深地为回教协会在过去几十年的时间里所表达的爱国爱教的伟大情怀所感动。的确，在伊斯兰教的信仰里，把爱国当作是信仰的一部分，所以香港回教协会的成员们在积极实践虔敬信仰的同时，也在坦诚地用行动表达着自己对国家、对中央政府和对人民的热爱。不仅如此，回教协会的朋友还广泛联络海内外的穆斯林，共同为中国社会的稳定团结默默做出贡献。

在和徐主席的交谈中，我问起他如此高龄，还在终日忙碌，为什么要这么做呢？徐主席微微一笑，拍着我的肩膀说，马兄弟啊，你应该是明白的啊，我们回教协会自创建以来，一直都保持着爱国重教的光荣传统。先辈们当年为了保护国家领土完整，团结一切可以团结的力量，共同反击日本侵略者。虽然在1949年之后，回教协会迁移到了香港和台湾，但是我们却始终如一地为国家的完整与统一努力着，因为爱国是穆斯林信仰中不可或缺的一部分。我们的前辈创造了优良传统，我们不能有半点懈怠，更应该维护、发扬和延续这些优良传统。

诚如徐主席所言，香港回教协会的成员们热爱祖国，关心国家大事，齐心协力，不断加强与内地穆斯林的联络、交往与互动。回教协会在过去和今天，为香港穆斯林内部的团结和香港穆斯林与内地宗教界的友好往来与合作贡献很多。在与香港非穆斯林的交往中，香港回教协会还与他们一道，共同为维护香港不同宗教间的往来与互动奠定了基础。

（发表于2012年7月24日
《中国民族报·宗教周刊·文化》）

香港伊斯兰联合会：走过百年联系四方

来港数年，每次去爱群道清真寺，都在享受香港伊斯兰联合会（以下简称为“联会”）提供的各种便利设施而完成宗教仪式，但是对该组织的了解却总是一星半点。

在联会的办公室，我看到了介绍该组织的一些材料。那些泛黄的纸张和尘封已久的黑白照片像一个个深刻的记忆，把许多南亚穆斯林历经苦难的创业故事压缩起来，把他们不辞辛苦创办宗教团体的精神流淌在100多年历史的长河中。

100多年前，来自印度次大陆及马来群岛，与中国有着紧密贸易关系的穆斯林远道而来定居香港，他们共同联手创办了今天屹立在东方明珠上的“弯月”。自成立起，联会就开始肩负宗教与人文使命，在世界穆斯林和伊斯兰教团体中树立了重要的形象。今天，联会的会员有不同国籍及文化背景，包括中国、印度、巴基斯坦、马来西亚、印度尼西亚、菲律宾及英国等。联会秉承《古兰经》的精神，强调穆斯林之间的团结，反对种族歧视，造福香港穆斯林，培养和实践伊斯兰精神。联会下设干事会、财务、设施、宣教、教育、福利、医疗诊所、图书馆、出版宣传与海外活动等诸多部门。联会由15位志愿会员组成干事会监察，干事会委员负责不同的联会事务，如处理大厦管理及维修、食堂监察、教育、投资、宣教、法律咨询、图书馆、医务、会籍、宣传及出版、康乐、信息科技、福利和澳门清真寺事宜等。

联会前主席林士德于1976年归真，他将四分之一的遗产捐赠给联会，作为联会的营运资金。这笔慷慨的遗产，为联会第一所伊斯兰中心的兴建和穆斯林活动所需设备打下良好基础。

联会定期为穆斯林与非穆斯林开办课程及讲座，邀请海内外学者在训练营中演讲。此外还包括星期日为儿童开设伊斯兰教育班、阿拉伯文班、《古兰经》诵读班，以及青少年学习小组、户外活动及训练营等。

联会为鼓励本地及海外穆斯林学生提高学业成绩，设立了奖学金及自我挑战计划奖金。除此之外，联会也为有需要的学生给予经济援助，为儿童免费补习英文、中文及算术等。

联会的另外一项任务，是定期探望护老院，使长者们得到关怀，并适时安排会员到内地去探访穆斯林。

联会定期举办聚餐以庆祝开斋节及古尔邦节，并有赞圣、登霄及忏悔之夜等活动。现在正值斋月，斋月期间，联会每晚均供应免费的开斋饭。

联会还设有医疗诊所和药房，由穆斯林医生及护士义务提供服务。图书馆书籍种类繁多，除《古兰经》、“圣训”外，还有认主学、伊斯兰教法、穆圣生平及著名伊斯兰学者的著作等。书籍除阿拉伯文外，还有其他语言，如中文、英文、乌尔都文、泰米尔文、韩文、日文及马来西亚文。

澳门清真寺的宗教活动也由联会负责。第二次世界大战时，日本侵占香港，澳门成了香港穆斯林的庇护所。战后，差不多所有穆斯林都回到了香港，只剩下大约150名穆斯林留在澳门。澳门现有一所较小的清真寺及坟场，由澳门伊斯兰会（以下简称“澳伊会”）管理。为使澳伊会继续服务澳门的穆斯林及传播伊斯兰文化，联会向澳伊会每年提供津贴。

联会不仅是一个宗教团体，还是一个慈善组织。世界各地，但凡出现天灾人祸，不论国籍、种族和宗教信仰，联会都会慷慨解囊，雪中送炭。联会不定期地向内地穆斯林提供经济或其他援助，比如赈灾、兴建或修葺清真寺及学校，为干旱地区开挖水井、建设道路，为眼疾病患者安排眼科手术、为开斋节及宰牲节提供资助款项等。

时光荏苒，在过去的100多年里，联会带领来自世界各地的穆斯林在香港落地生根，建起具有穆斯林身份并拥有伊斯兰文化特色的美好家园。与此同时，联会还是世界各地穆斯林商人、信士、游客和学者的落脚地，在世界穆斯林心目中留下深刻的印象。笔者外出，遇到穆斯林言及香港的伊斯兰教团体时，Islamic Union（联会的英文名称）总是被第一个提到。相信在未来，联会将会扮演更为重要的角色，为宗教和谐、世界文明的往来与互动发挥作用。

（发表于2012年7月31日
《中国民族报·宗教周刊·文化》）

斋月行走重庆大厦

让电影中的故事和场景走出镜头回到现实，这在香港是很容易实现的。行走在香港的游客，大多会因为曾经在某个电影镜头中不经意间看到过而有种强烈的想去亲眼目睹的愿望。这样的例子比比皆是，比如在孙中山先生纪念馆看到几位游客热泪盈眶地观看展出孙中山曾经用过的衣物；在旺角寻找古惑仔打斗地方的年轻后生，在叮叮车上穿梭，欣赏楼群中的奇特景色。

著名导演王家卫曾经拍过一部电影《重庆森林》，这部在1994年上演的电影，曾经使很多观众误以为是在重庆某个地方演绎的故事，其实与重庆没有一点关系。它是坐落在香港尖沙咀弥敦道一座大厦的命名。这样一个名字，不知道又使多少从重庆过来，甚至从西南地区过来的游客误以为这是重庆在香港的办事处所在地而倍感亲切。《重庆森林》中演绎的故事，也曾经因为里面的故事而让很多人望而却步，生怕被出其不意的劫掠或者被某个瘾君子纠缠跟踪，也会因为电影里讲述的故事和展现的镜头而让游客期望一定要看个究竟。

香港中文大学人类学系教授麦高登的一本名为《世界中心的贫民窟：香港重庆大厦》的人类学著作，更使重庆大厦名声大噪。这本由香港大学出版社2011年出版的书，是麦教授历经4年调查研究后写成的。麦教授在重庆大厦蹲点吃住，细致入微地把整个重庆大厦的情景、人物和每天上演的各种故事，极为生动地展现在读者面前，把一个个曾经的迷幻完全清晰地揭开，使人们了解一个真实的重庆大厦。

阅读着麦教授的书，在咀嚼与回味中，我选择了斋月的一个下午，按照书中所说的场景结构，前往重庆大厦，进行一次更为深刻的零距离接触。

因为是穆斯林的斋月，再加上天气炎热，重庆大厦里面显得格外清静。稀稀落落的游客闲庭信步，使平日这个犹如飞转轮子的地方仿佛因为耗尽能量而停了下来。平时在门口发放传单的几个印度穆斯林全额缺席，只剩下几个小伙子卖力地给来来往往的人推荐餐厅、宾馆住宿、洗浴按摩和电子产品，抑或化妆品、手提袋等。这些不起眼的工作，可能会使这些看似毫无前途的摩罗仔一天天逗留下来，学习经验、学会做生意，从衣着褴褛的今天成为明日的商界大亨，就像电影《贫民窟中的百万富翁》那样，慢慢实现为自己勾勒的人生梦想。

进入斋月的穆斯林会在这一个月让自己生活节奏慢下来，让生意停下来，把更多的时间投入到斋戒的实践当中。从重庆大厦正门走进去右拐后的几个柜台都是由销售手机和电话卡的巴基斯坦穆斯林所经营，他们大多从伊斯兰堡和卡拉奇而来。与当年华人南下创业掘金的路子有些像，这些人因为闻听亲戚或朋友在这里发财圆梦而远离家乡辗转而来，然后一步步了解熟悉情况，谋一个饭碗，一天天做下去。平日拥挤的柜台因为斋月穆斯林封斋，到了下午都去了清真寺礼拜或者回家休息，而冷清了许多。旁边几家印巴风味的小吃摊也打烊了，附近几家锡克教信徒开的素食小摊因此而生意好了起来。留着长胡须的信徒一脸喜气地说，每年都会这样，一个斋月，总会让他们比平时多赚一些。

顺着走廊往下走，小卖部、网吧、服装店、音像光盘租售店、箱包销售店、印巴香料摊等，像一个微型的市场一样，一应俱全。据麦教授调查分析，这些类型的店铺有140多间。店主大多是印巴人和香港本地人，零星有几家非洲人开的小店。沿着楼梯走上去，找换店、洗衣店、小公司稍微整齐一些。这一层多是电子产品的暂时存储地，因为很多电子产品从内地运到香港，在这里经过非洲或者南亚商人组装包装之后，很快发往他们的家乡，他们因此在差价中赚取一些利润。重庆大厦像一个中央集散地一样，把世界各地的人聚集于此，把大量商品物流至非洲、南亚和东南亚一带。

重庆大厦坐落在此，大厦里那么多来自世界各地的穆斯林信徒云集，是因为这里有他们最为方便的实践每天5次礼拜的九龙清真寺。每到礼拜时间，虔诚的信徒们便会丢下店铺，急步赶过去，做完礼拜再回来继续营业。曾经的尖沙咀也是印巴籍各类人士的聚居地，今天多一些人在这里也是历史的结果。

麦教授在分析这一现象时提到低端全球化（low-end globalization）的概念，他认为重庆大厦能够成为地球人的聚集地，是因为这里有着他们实现“重庆大厦梦”的条件。他们的确能够把不起眼的、零零碎碎的小商品批发过来，发往全球所需之地，使自己慢慢走出困境，走上富裕。欧美世界的商业大亨在香港多以金融与资本运作而追逐利润，而来自欠发达地区的商人，则用赚取这些日用商品的差价来养家糊口。

重庆大厦就在那里，可能因为人们走进去看看而会逐步揭开迷幻，也可能会因为麦教授的这本书会更加勇敢、更为好奇地走进去看个究竟。

（发表于2012年8月7日
《中国民族报·宗教周刊·文化》）

香港穆斯林的斋月

香港人在时间观念上保持着良好习惯。香港人在日常生活中事无巨细，都会因提前安排而做到井然有序，在实际运作过程中也有条不紊，不紧不慢。这种提前安排的习惯，既尊重他人，也是一种自我保护。记得我的老师陈教授在一次交谈中专门对于事情的安排与处理，提出urgent（紧急）和important（重要）的方法，然后按照不同的类型分别而去不慌不忙地处理，总能达到合理安排和得当处理。香港穆斯林对于这一点不仅做到了，而且践行得近乎完美。

一年一度的斋月随着日月白昼的转换而一年一年地向前向后推一下，实现时间的更加精准。今年的斋月刚好转到了阳历七八月，对香港的穆斯林的确是一种考验。

在星期五完成主麻礼拜，清真寺的几层楼梯口都已经贴满了斋月的各种讯息，斋月期间每天封斋开斋的时间和每天夜间的礼拜都已经有了详细的安排。笔者仔细数了一下，就香港这个地方，斋月里安排了28个礼拜点，遍布新界、九龙和港岛。香港伊斯兰教联会已经提前安排了各个点上由哪位阿訇来负责领拜，时间、地点都已经安排妥当。讯息栏上还列出了斋月的几项重大活动，比如斋月期间要举行的学生奖学金报名计划、朝觐报名安排、开斋节时的聚会以及斋月帮助内地和东南亚国家贫困家庭安然度过斋月的资助。斋月，对于穆斯林来说，是一个奉献的月份，也是一个积极努力获取伟大养主安拉疼惜和赦免罪过的月份。所以在这个月，穆斯林大多会放下手中的生意，一心一意地封斋，开开心心地与家人团聚。

曾经听说过阿拉伯世界穆斯林热闹祥和的斋月，笔者在香港多年的生活中，对于香港斋月的体验可谓深刻。

斋月到了，香港的穆斯林可以前往任何一个清真寺，封斋开斋，然后集体礼拜。每天早晚，清真寺都备有佳肴，让穆斯林不受限制地吃饱喝好，因为要经历一个月的斋戒，尤其是在这炎热的夏日，体能消耗很大。七月封斋，对于穆斯林来说，真的是一种考验。炎热的天气，使人们每天都流出大量汗水，如果在外面稍微走几步，都会觉得口干舌燥。在香港和内地的南方城市尤为难忍。每天早晨吃点东西，然后多喝一些水，尽量少出门，减少水分蒸发。虽然如此，到了下午三四点，总会觉得口里面的唾液已经干了，整个嘴边像沾了泥土一样。下午六七点钟，饥饿使肚子咕咕乱叫，整个人也已经难以忍受口渴的感觉。这是第一天，还有第二天，第三天……等到适应了，才不再觉得艰难。

清真寺一下子多了很多穆斯林。斋月到来的前几天，义工先把整个清真寺的大殿清洗干净，重新铺好地毯，用新的面孔迎接斋月的到来。每天早晨，穆斯林不约而同，清洗之后，来到清真寺，做好食物，和前来封斋的穆斯林一道慢慢吃着，仔细交流。时间到了，做个举意，一起经历白天斋戒的考验。晚上，一些老人早早过来，把各种食物准备好，供前来礼拜的人享用。

开斋之后，就是夜间礼拜。平日里，人们都有固定的吃饭时间，现在封斋了，更是严格。有人开玩笑说，那自己偷着吃点不就可以了？虔诚的穆斯林会说，斋戒不仅仅是饮食，还有一个人的内心、人品、毅力等诸多方面的考验。所以偷吃只是在欺骗自己。夜间的礼拜，真的是一道靓丽的风景线。因为这时的香港印巴穆斯林会把最好的衣服穿上，带着可爱的孩子，喷洒一些香水，然后参加礼拜。

礼拜是一个漫长的过程。很多《古兰经》的篇章比较长，他们坚持每天一本，30天30本。这对穆斯林来讲也是一种考验。

（发表于2012年8月14日

《中国民族报·宗教周刊·文化》）

后现代社会中的香港穆斯林

定居香港的穆斯林，不管是来自内地，还是来自南亚、东南亚诸国，曾经围绕清真寺而居，但随着香港社会的发展，尤其是建筑业和市场贸易的开拓，而逐渐迁移四处。围绕清真寺而居所形成的寺坊或宗教社区逐渐因为散居而消失。过去穆斯林左右为邻的现象也因为人们选择不同的居所而不复存在。

这种变化，在伊斯兰教的信仰代际传承方面，导致了青黄不接、日渐惨淡的现象。印巴穆斯林，尽管侨居香港，但他们并没有完全与故土母国断裂，由于彼此联系和相互影响，使印巴穆斯林在与香港其他族群交往过程中，更为强调自己的穆斯林身份。因此，在子女教育方面，印巴穆斯林与清真寺联系紧密，但凡有时间，总会想办法把孩子带到清真寺，让他们从小就学习诵读《古兰经》，掌握伊斯兰教方面的知识。平日，当人们走进九龙和湾仔爱群道清真寺的大殿，就会看到清真寺里一群孩子学习的热闹景象。在社会融入与婚姻方面，印巴穆斯林注重族内婚，与非穆斯林、非印巴人的通婚现象较为罕见。日常生活中，做大买卖的印巴人和来自世界各地的人一样，基本上都隐藏在街面的高楼大厦里，唯独在周五清真寺的聚礼和每年伊斯兰国家领事馆的国庆日、古尔邦节和开斋节，才能一睹他们成功的风采。印巴小贩和来自非洲各国的穆斯林一道，云集于位于尖沙咀的重庆大厦，因为距离九龙清真寺只有几步之遥，重庆大厦成了世界各地穆斯林聚集的场所。据说，这里有着来自世界各地130多个国家和地区的穆斯林商人，他们以进出口买卖为生。这种集体的买卖活动，加强了他们的宗教意识，所以每到节日，他们更是强调信仰身份。

中国穆斯林则面临较为尴尬的现实。原先聚居于港岛湾仔的人们，迁移到其他地方之后，第一代仍然坚守他们的信仰。第二代受前辈的耳濡目染和从小就参与宗教活动的影响，还保持着对信仰的虔敬，不过特意跑几十公里去清真寺参加礼拜，对他们而言则成为难事。所以他们更多强调穆斯林的文化身份，而并不能完全坚持宗教生活的实践。第三代和第四代中国穆斯林，在快节奏的大都市生活中，为了能够过上更为殷实富足的生活，再加上他们缺少父辈们那种在宗教社区中的参与与实践，基本上只是保持一种文化或意识的信仰，而在宗教仪式方面则逐渐淡化。学校教育对于华人穆斯林淡化或远离伊斯兰教有着深度影响。他们或在欧美国家开设的私立学校，或在当地华人宗教社团开办的学校，特别是基督教学校完成学业，对于伊斯兰教的认识和实践也是越走越远。在婚姻选择方面，中国穆斯林因为散居四处而缺少交流和交往，在难以觅到合适的穆斯林另一半的情况下，多与不同宗教信仰的人结为夫妻，宗教信仰越来越成为个人的私事而被隐藏起来。也有的人基本上放弃了伊斯兰教生活中的礼拜和节日。所以，在周五主麻聚礼的宗教生活中，常常看到的中国穆斯林多为年过六旬的长者，年轻一代则寥寥无几。

值得庆幸的是，香港穆斯林并没有因为这种变化而完全被遗忘。成立于1973年的香港伊斯兰青年会，在联络与保护穆斯林青年的信仰方面，起了积极的作用。伊斯兰青年会根据香港的公共假期，组织安排比如探访老人、联络青年聚会、青年营、海外交流等形式多样的活动，联络香港穆斯林青年积极参与，并巩固他们对于伊斯兰教的认识和穆斯林文化的认同。为了弘扬伊斯兰文化，杨兴文阿訇组织成立了香港伊斯兰文化协会，联络世界各地的穆斯林和伊斯兰组织，参与香港每年一度的文化图书展，在文化与知识传播方面作出了努力。此外，协会还联络高校举办研讨会，通过互动与对话的方式，更为全面地介绍了穆斯林文化和伊斯兰教。同时，伊斯兰文化协会与香港穆斯林妇女会联手，以培训班、慈善行等诸多方式，加强和巩固香港穆斯林妇女对信仰的坚持、理解和实践。

随着中国内地的发展与市场巨大的吸引力，世界各地的生意人云集香港，以香港为依托，与内地从事各种贸易。擅长贸易往来的世界各地的穆斯林也纷至沓来，为香港穆斯林输入了新鲜血液。人与人之间的了解与熟悉，离不开交流和交往。香港穆斯林在积极融入香港金融社会的同时，也注重与来自不同国家和地区的穆斯林之间的往来，在超越种族与族群的信仰实践过程中，以较为宽阔的视野去认识自己和为自己定位，“穆斯林”不仅仅是宗教仪式方面实践的穆斯林，还有着对伊斯兰文化认同的穆斯林，更为重要的是在意识上具有一定凝聚力的穆斯林。

（发表于2012年8月21日
《中国民族报·宗教周刊·文化》）

斋月里的一次探访

笔者在香港柴湾清真寺遇到一位来自巴基斯坦、留着长髯、身穿白色大褂的长辈，我真的很难把他与外贸进出口大贾联系起来。他是一位长期往返于香港和中国大陆以及欧亚诸国的百货进出口商人。几十年的生意买卖，使他过上了富足的生活。不到60岁，他就自行退休，把生意交给子女，自己打造内心的精神大厦。看着这位老人额头那一层厚厚的老茧，就知道他的确在为自己修建精神家园和后世的天堂。说起额头的老茧，与穆斯林尤其是中东世界的穆斯林打过交道的人，或许都曾有过这样的经历。在某个地方邂逅一位穆斯林，看到他额头中间发黑发青，或者干脆一层正在脱皮的老茧，我们兴许会以为这可能是某个群体或部落特别的仪式留下的标志，其实这是穆斯林长期坚持礼拜，每天多次叩头而形成的老茧。这位老人同样，在我们相见彼此道过“色俩目”之后，我第一眼看到的就是那个明显的标志。这个标志会让我肃然起敬，知道他用自己的刻苦和行动来不断装修和打造自己的精神世界。

老人问明我的来意，让我坐下，递过来一杯冻奶茶，说一句欢迎你，远道而来的兄弟，请你尝尝我们南亚风味的奶茶。我喝着沁人心脾的奶茶，丝丝凉意驱走了湿热。他讲道，现在最为重要的任务，是让年轻人进清真寺。我问他朝觐的情况，他竖起指头计算，20几年前前后后正朝副朝他去过8次。他说自从卡拉奇出来，他一直用两件法宝约束和指导自己，一件是对伊斯兰教的虔诚敬意，每天的生活，每件事情的处理，都按照伊斯兰教制度和要求去完成。一件是对他人的尊重，无论对方是什么宗教、哪个国籍，都按照公平公正的原则去对待，不会因为不是穆斯林而对其偏狭，也不会因为是穆斯林而对其偏袒。在他看来，这些都是真主的造物，绝对不可以对其不公。

老人捋了捋胡须说，自己年轻时过于忙碌，很多时候都是照顾自己和家人，现在是出来为清真寺和其他人做点事情的时候了。每个周五的下午和周六周日，他都会在清真寺里做义工，联络周围的穆斯林子女到清真寺来学习，并帮助附近社区的穆斯林处理不同的事务。在我们交谈时，他接到一个电话说附近有位老人病情严重，他似乎一下子忘记了自己也是位长者，撩起长袍，和我握手说希望在斋月相见，然后就三步并作两步赶过去了。

我们再一次相逢是在斋月的一个周五下午。我做完礼拜在地上换鞋时，轻轻被人推了一下。转身一看，就是他，几个月前我在柴湾清真寺遇到的那位老人。我们寒暄几句后，他提出邀请我去他家开斋。我正好想更多地了解印巴穆斯林在香港如何过斋月，于是欣然同意，并表示希望马上就能去。可能当时老人只是一种礼仪性的邀请，而我却爽快接受，使老人不得不马上给家人打个电话，确认今天是否方便。他讲一口流利的乌尔都语，使我难以辨明他究竟说了什么。挂了电话，他微微一笑说，我们一起走吧，今天家人都会回来。

走在路上，我提议买点东西作为见面礼，他近乎生气地说，不需要这样，家里什么都有。在进入楼道之后，就能闻到一股浓郁的香味，类似印度香被点燃的气味，门口悬着一块绿色的铁牌，上面写着“万物非主，唯有真主”的阿拉伯文字样。老人轻轻按动门铃，几个小朋友呼啦啦过来开门，见有生人，先是用小手捂住嘴巴看着他们的爷爷向后退缩一下，老人说给叔叔说“色俩目”，几个小朋友向我道一声“色俩目”，笑着一起跑到里屋去了。

进入客厅，我们一起换好鞋子，整个客厅铺着地毯，几个子女席地而坐，围着他们的母亲聊天。见我进来，一一站起来彼此握手，用穆斯林的方式问候，然后大家坐下继续交流。女儿和儿媳则扶着母亲进入另外一个房间，老人把几个儿子女婿挨个作了介绍，也把我的情况向他们作了说明。我抬头环顾四周，家里没有任何人物画像，连日常生活中的照片也不会悬挂在家里。向西的墙面上是两个挂毯，一个是圣地麦加的天房，一个是圣地麦地那的圣寺，这样的图案我在国内见过很多，穆斯林文化的相通性可能也在这里体现。其他墙壁上则是不同的《古兰经》章节的书法。

在当日第三次礼拜时间到来时，他的一个女婿站起来，面向西捂着耳朵念起了召唤前来礼拜的呼唤词“邦克”。一家人熟练地按照次序站好，老人在最前面领拜，儿子女婿和孙子在前面站成一排，夫人、女儿、儿媳和孙女在后面站成一排，一起开始做礼拜。十几个人，整个客厅刚好站满，我这时才明白他们为什么要铺上这样的地毯，原来是礼拜与席地而坐交流都很便利。

做完礼拜，女性进了里屋和厨房准备开斋饭，儿子和女婿要去买菜，我们继续坐在客厅交流。他说他们一直都是这样的，这是一种习惯了的生活。每天的五次礼拜，都是全家人一个都不能少，大家一起来共同完成主命。他们的确也是这样来引导和教育孩子，让孩子在这样的气氛中把宗教当作日常生活的必须。

开斋时间到了。几位巧手女儿儿媳已经备好了开斋饭。因为家里人口多，他们干脆把各种各样的菜肴放在长长的餐桌上，类似自助餐一样，一家人根据各自的喜欢自行取食。桌子上已经摆好了几碟蜜枣，一个金黄色的尖嘴铜壶里泡好了奶茶，两碟蜂蜜旁边摆放着两盘油饼，还有各种热带地区的水果。老人指着蜜枣说，用蜜枣开斋是圣行，奶茶是我们巴基斯坦人的爱好，跟你们中国人喝盖碗八宝茶一样。他说盖碗茶时，像顽童一样推了推我说，当年在青海、新疆一带做过生意，知道这个习惯。

他带领全家人举起双手，念着赞词，做了个祈祷，祈祷真主接受他们的斋戒和拜功，慈悯家人的健康和平安。他亲手把一个个枣子分给我们，这时我才知道，连他七八岁的孙子孙女也都在封斋，而且天天坚持。如果不封斋，就会失去爷爷发放的蜜枣。几个孙子孙女簇拥在爷爷的身边，捏着蜜枣像爷爷汇报他们也骄傲地完成了一天的斋戒。开完斋，老人带着儿子孙子一起前往清真寺做斋月的夜间拜，老太太则带着女儿儿媳孙女在家里礼拜，准备第二天的封斋饭。

香港的夜间，四处灯火辉煌，世间亿万人众，各自享受着各自习惯了的生活，在不同的环境里，度过属于他们的每一天。我所经历的斋月里的这一天，可能就是后现代社会香港穆斯林生活的一种吧。

（发表于2012年8月28日
《中国民族报·宗教周刊·文化》）

传承与放弃：一个香港穆斯林家庭的信仰变化

在香港中文大学医学楼餐厅吃素餐，已经是我长期保留的习惯。那里的素餐味美价廉，还有质量上乘的芝麻酱，滚烫的开水，干净整洁的环境。可能是去多了的缘故，门口收费的Amy总会热情地打招呼，也不用问，直接点就可以。几位里面工作的厨师也似乎懒得问我，知道我吃什么，吃多少，然后点点头说一声，下一位。我则在对面的台桌上拿起餐具，再把芝麻酱往碟子里倒一些，找个位置坐下，准备用餐。

在中大，吃饭时间也要把握好，人多拥挤的时候，不仅要排长队，还要等位子。我通常会选择午后一点来就餐。这天奇怪，都过了一点，还这么多人？看到角落里坐着一个人，还有一个位子空着。走过去坐下来，说一声你好，各自用餐。他接了一个电话，我听他说自己是穆萨。我好奇地问他：“对不起，刚刚听到你打电话说自己的名字，我确认一下，你的名字叫穆萨？是不是Musa？”他用普通话字正腔圆地说：“是啊是啊。”“那你是不是穆斯林？”他看了看我，欲言又止，可能是不想说或者不愿意承认。抬头看了一下，原来他嘴里含着一口饭，用手捂着正急着下咽，然后回答我的问题：“不是，这个是我爷爷给我取的名字。”“哦？那你爷爷是不是穆斯林啊？”他点了点头，有些惋惜地说：“不过，我爷爷已经死了。”（香港人对于死亡，通常都会不避讳地直接说死，而不会说去世、升天、归真、走了等）“埋在哪里？”“在跑马地的坟场。”“哦。对不起！”我听到他说爷爷去世，客气地说了一句。“那你爷爷以前经常去清真寺吗？”他说：“当然！爷爷很讲究的，经常在星期五去爱群清真寺。”他可能担心我不知道爱群清真寺在哪里，补充说，就在湾仔那边。我说知道，去过。接着又问他：“那你为什么不承认自己是穆斯林呢？”“我不是就不是啊，我不信仰伊斯兰教。”“为什么呢？”“为什么？”他反问：“因为这是我的自由啊。”他又问我：“你是不是啊？”我点头说：“我叫Ishaq，是穆斯林。”他看了看我的碟子，好奇地问：“那你还在这里吃饭？小心有猪肉哦。”我指了指碟子里的饭说：“这是Vegetarian（素餐）啊。”他没有接我的问题，继续说：“反正要小心点，不能随便吃。”我点了点头说：“谢谢你啊！”

“那你爸爸是不是穆斯林？”我又问他。他摇了摇头说不是，尽管他爸爸也有一个穆斯林的名字。“那你爸爸为什么不是？”他说爸爸小时候应该是穆斯林，后来慢慢就不去清真寺了。他们以前在湾仔住，离清真寺很近，家里亲戚都是穆斯林。“不过后来爸爸都是在基督教学校上学，接受了基督教教育，还受洗了。这件事让爷爷很不开心，两个人经常吵。后来爸爸去国外读大学，跟爷爷也很少来往，就这样。”

哦，我听明白了。“那你爸爸后来怎么和爷爷交往的？”“爷爷只有爸爸一个孩子。没有办法，管不住，只能由爸爸啦。他回来后，给爷爷买东西，也给钱，还经常带爷爷出去。”“那他们怎么在一起生活？”“没事啊，爷爷和我们不在一起住，如果要见面，也是去吃Halal（清真）饭。”“你妈妈信仰什么宗教？”“妈妈不信宗教。”“那你外公那边呢？”他没有明白我说的外公，我问道：“你姥爷呢？”他明白了，接着说：“姥爷那边信佛教，不过妈妈不信的。”“哦，那他们有没有让你选择宗教？”

被我这么追问，穆萨可能有些烦了，他抬起胳膊看了看手表说：“我们再聊5分钟，我要去忙啦。”他问我是做什么的，我如实告诉他自己是做人类学研究的，他微微一笑，点了点头说，怪不得问这么多。“那你信不信？”他问我。我说当然。他问了我的家乡和我在香港的情况。我继续问：“那你有这个名字，会不会被人当作穆斯林啊？”他说有人问过，没有关系的，这是爷爷给他的名字，他觉得挺好的。然后他说出了摩西与穆萨之间的联系。“那你想不想像你爷爷一样信仰伊斯兰教啊？”他说自己从小在基督教学校读书，已经受洗了，不能改，也不想改。再说，现在伊斯兰教的名声不好，如果信仰伊斯兰教，可能会被……他没有说出想要说的内容。我说别担心，那只是媒体宣传给人带来的误解，把宗教当作一种政治和权力，与信徒是没有关系的。他没有接我的话，转过来问我：

“那你有没有觉得不方便啊？比如吃饭、和人打交道？”我说没有啊，主要看自己怎么想的，怎么去做，和人打交道都是公事公办，与宗教信仰不冲突。

他又看了看表，站起来说一声对不起，要去忙了。我还没有来得及问他的联络方式，他就走了。坐在餐桌前，我不由自主地想，内地的穆斯林将来会不会遇到同样的问题？50年前，香港穆斯林基本上在湾仔和九龙居住，后来城市化发展，很多房屋拆迁，穆斯林的社区被彻底拆掉，人们都搬到不同的由政府提供的地方居住，群居的环境没有了，很多人因为时间紧、工作忙而慢慢与清真寺失去联系，他们的后代也就慢慢放弃了穆斯林的身份。中国内地今天也是这样，不知道将来会是什么样子？

在今天的香港，印巴及东南亚、非洲的穆斯林非常注重下一代孩子的教育，希望他们严守信仰，做一个有信仰的人。而在香港穆斯林群体当中，因为社区集体的消失，也为了更好地融入香港人群体而渐渐放弃信仰，或者说淡化信仰，做“文明世界的文明人”。在这样一个青黄不接的现实环境里，香港穆斯林面临着丢失伊斯兰教信仰的尴尬。

（发表于2012年9月4日

《中国民族报·宗教周刊·文化》）

博爱仁慈，认主独一

今年早些时候，收到一位朋友的邮件说，香港中华回教博爱社主席脱志贤哈志于当天归真。闻听噩耗，我先是一惊，觉得这一结果来得太快，因为我本对脱哈志那种自信和勇敢抵抗疾病还有一些期待，相信哈志老人家一定能够抵抗过去。谁知在短短的3个月时间里，他老人家就顺从“主意”，安详离世。

第一次与脱老相见，一点儿也没有感觉到他是年过七旬的老人。当时在博爱社礼拜殿，脱老着一身西装，头戴一顶白色网兜小帽，上面还有一层金色绣边。老人面色红润，精神矍烁，眉目间安静祥和。可能是因为长期坚守拜功，老人身材略显消瘦。道一声“色俩目”，脱老伸出手，紧紧相握，一阵寒暄，备感亲切。当时我还不知道他就是香港中华回教博爱社的主席。

脱老并没有像我之前想像的那样，身子佝偻，步履蹒跚，拄着拐杖。做完礼拜，他摘掉白帽，拿出小梳子，整理一下头发，再收拾收拾衣服，自感仪态大方，然后迈开大步，转身摆手，声音洪厚地用阿拉伯语道一声再见，便步履稳健地走了。他做事干练，信心百倍，直爽与仁爱的性格，继承了香港穆斯林脱氏家族的仁慈家风。老人备受香港各界的尊敬和支持，不是因为他的主席这个位子，而是他的人品，他不计个人得失，常常为人着想的慈爱心肠。

脱志贤老人当选为中华回教博爱社的主席，应属众望所归。他也是从一个懵懂青年一步步走过来。在律师行工作时，他为人诚恳，诚实守信，对人热情，广交天下朋友。大仁慷慨的品质让他不仅在业内广受尊敬，而且在穆斯林群体特别是香港穆斯林当中也广受尊崇。

脱老关心社会公益事业。在年轻力壮时，他常常奔波于博爱社、家和公司之间。为什么这么卖力啊？曾有人对他的这种忘我精神不能理解，而他只是轻轻一笑，说一声“知感安拉”，“只要有一个健康的身体，为穆斯林大众做点事，为主道服务，是我的荣幸，也是安拉给我的恩典”。脱老关心朋友，关爱穆斯林兄弟姐妹。他对人热情，但凡有人有求上门，他从不拒绝，而且身体力行。有些人说他天真，经常为人做着无谓的付出和牺牲。他常说，人家找你，说明你还有用嘛，如果都不找你，也不理睬你，这人活着还有什么意义。他还从来不会因为姓氏、家族、宗教信仰不同而有选择性地帮助他人。记得一位基督教的朋友说，你们那位博爱社的主席脱志贤先生真好。他的心胸真是宽阔，从不排斥其他宗教，更不会与其他宗教人士树敌。只要有求于他，他总是一团和气地帮助你，不会因为宗教信仰的不同而婉言谢绝。在穆斯林圈中也是，不管是红白喜事，还是宗教节日庆祝，他都积极主动地组织，把大家的心一次次往一处聚拢。

脱老关心社会。在香港遇到危机时，他总会担忧，然后组织人们伸出援助之手，共度难关。当谈及SARS事件，他稳了稳呼吸说，那个时候，人心惶惶，都不知道该怎么办。我想怕什么呢，真主给了我们一个生命，在遇到危机时，我们就不应该胆怯。他四处走访，劝解民众不要恐慌，教人们怎样保护自己，如何消毒避免感染。当听说四川汶川发生强烈地震，死伤很多，脱老静静的坐在大殿里，泪眼连绵，举着双手为无辜死伤者祈祷。他呼吁大家伸出援助之手，帮助四川百姓度过难关。脱老自己依靠微薄的退休金生活，但得知灾区那么多人处于危难，毅然拿出两万港币捐给受灾百姓。2009年春夏，香港猪流感流行起来，他又是非常担心香港民众，特别担心弱势群体受难，继续忘我地奔走宣传，希望人们加强自我卫生防范，远离病灾。2009年，台湾发生水灾，脱老每天守在电视旁边，不断打电话给朋友，呼吁大家一起捐款捐物，与台湾同胞齐心协力，共度难关。他甚至号召博爱社成员做好准备，随时前往台湾帮助受灾群众。

常言说，前人种树，后人纳凉。香港中华回教博爱社是穆斯林前辈辛辛苦苦创下的一块天地。后人在祖荫之下，的确感受到了认同的力量和宗教集体性活动过程中的暖意。但是创业难，守业更难。脱志贤接受主席一职，真是艰难。不过具有广博社会阅历和处理各种事情经验的他，从来没有因此而叫苦连天。各种各样的活动，应接不暇的事务，他总是不慌不忙，一件件处理了。

脱老积极推动香港六大宗教的对话与协作，各大宗教不仅互相来往，还结下了深厚的友谊。每当某个宗教有庆典，都会互相邀请，相互祝贺。

除了香港的事务，脱老还是一位热情的爱国志士。他的视野不仅仅在香港这块宝地，更在内地。香港回归前夕，他与香港各大宗教负责人齐心协力，一起为迎接香港的回归出力。他们同道宣传，安心民意，减少香港民众的恐慌，还组织种种活动，宣传中央政府的政策。在与内地的交往过程中，脱老多次前往北京，与国家民族事务委员会、国家宗教事务局、中国伊斯兰教协会以及各地方的穆斯林机构联络。当听说西北穆斯林有些家庭经济条件差、家庭收入微薄、生活困难时，他又联络香港穆斯林和国外穆斯林，为内地穆斯林兄弟姐妹捐款捐物。不仅如此，他还不顾年迈，亲自前往西北各地，亲手把一件件援助物品交到贫苦需求者手中，让一件件事落到实处。

人活一世，其价值在自我还是他人？自私自利者，只为养家，碌碌一生。为人着想，利他在先的人，一定是受人尊敬，人见人爱。中华回教博爱社主席脱志贤哈志的所作所为，值得我们去效仿。

（发表于2012年9月11日

《中国民族报·宗教·文化》）

华人穆斯林张广义哈志的百年口碑

一个人为众人所知，是比较容易的；但是一个人为众人所知的同时，为众人所称道，齐声赞扬，是不容易的；一个人以自己的学识、信仰和为人处世的方式，为人所尊崇，更是不容易的。香港中华回教博爱社张广义哈志，在70年的阿訇历程中，留下的是“有口皆碑”。他作为香港穆斯林中的一员，同时又是一个引领者，经历都市繁华的冲击，面对世俗的吸引，以及其他宗教的宣教和影响，与众多穆斯林一起，走过了一年又一年。

哈志张广义阿訇，1911年于香港出生，经名Maulvi。张家乃阿訇世家，广义阿訇的爷爷、父亲都是阿訇。受家庭环境的熏陶、影响，张家儿孙后代，都是虔诚的伊斯兰教信徒。7岁时，小广义离港前往广州求学，就读于广州清真寺小学，入住濠畔清真寺。广义16岁师从马瑞图阿訇，开始学习阿拉伯语和《古兰经》。接受父命，同时也是自己的心愿，他立志做一个名副其实的阿訇，为穆斯林的宗教、文化及社区奉献一生。18岁时，广义荣幸地成为濠畔清真寺的唤礼者，每日五番礼拜，他都会准时登上宣礼塔，高声诵读邦克，呼唤周围穆斯林礼拜。21岁，刚过弱冠之年的广义已经荣升濠畔清真寺助理阿訇。在此期间，广义阿訇受广州沙面印籍警察邀请前去领拜，心灵慧通的年轻阿訇，在与这些人的交往中，掌握了乌尔都语。1939年，28岁的广义阿訇受中华回教博爱社邀请，担任驻社阿訇。

入驻博爱社，广义阿訇看到穆斯林社区人心涣散，宗教信仰受经济社会环境的影响每况愈下。身为阿訇，他对这些不能视而不见。凭着他的热情与毅力，通过上门走访的形式，劝导穆斯林去清真寺礼拜。他还身体力行，在博爱社举办学习班，住在周围的穆斯林家庭的孩子在周末及公众假期慕名而来，很快组成了一个有上百个孩童的学习班。他一边给孩子们讲解“我们是谁”，一边教孩子们阿拉伯文，诵读《古兰经》。如今，每当在爱群道清真寺或者博爱社遇到年纪稍长的人，他们都会说，今天能继续坚守信仰，广义阿訇功不可没。

抗战时期，广州、香港等地沦陷之后，广义阿訇的学习班被迫停办。这时，大量内地难民逃亡香港，广义阿訇与穆斯林同胞一起收留大量穆斯林同胞，并在香港穆斯林倡导成立的穆民难民营里，通过宗教活动抚慰蒙受战争灾难、心灵受到创伤的穆民。抗战胜利后，广义阿訇积极投入到光复后社区的重建工作当中，与此同时，阿訇自己家庭责任重大，妻儿老小都要吃饭穿衣，于是，他一边做买卖养家糊口，一边安心教门，直至1964年。之后，广义阿訇全神贯注，积极发展香港的伊斯兰教。

1939年到1949年期间，广义阿訇任中华回教博爱社教长一职。其后，一直受聘于香港回教信托基金会，直到退休。广义阿訇还先后在九龙清真寺、些利街回教总堂做驻寺阿訇。据部分长者讲，当年在广义阿訇的引领下，但凡穆斯林举办的活动，都是人山人海，不论远近，穆斯林大众都来参加，有时候人多得连大门口都没了落脚之处。

广义阿訇几十年如一日，勤勤恳恳地工作和付出，才换得今天的赞扬与称道。在信仰方面，广义阿訇也是值得称道的。他于1972年、1981年先后两次前往麦加朝觐。朝觐归来，他先后开设不同讲座，讲述朝觐过程，分享朝觐时的心里感受，鼓励教胞们鼓足勇气，有机会就去完成“主命”。此后，为了引导更多人前往神圣之地，他还专门编写朝觐指南，为穆斯林大众提供便利。

博学多识的广义阿訇，在宗教事务方面，一碗水端平，无论贫富贵贱，但凡有上门需求者，他都会认真严肃对待，不让教胞失望。他既用实际行动影响着穆斯林大众，又通过积极记录和书写的方式，宣传教门，发展伊斯兰“主道”精神，编写了《伊斯兰教的真谛》、《斋戒》等著作。

“十年树木，百年树人。”广义阿訇眼光长远，他认识到教门应该从娃娃抓起，所以在教读《古兰经》的过程中，悉心研究，根据孩子们的具体情况，亲自编写各种教材。广义阿訇不仅用中文，还用英文、阿拉伯文出版发行有关伊斯兰教的论著。

传统观念认为，清真寺和教堂、庙宇一样，只是供奉与开展宗教活动的场所。广义阿訇在教几十年，他根据自己的亲身体会，认为清真寺不仅仅是一个宗教场所，或一个简单的礼拜场所，而是一个可以举办社会活动的场所，是穆斯林大众的家。应该打破传统观念，使清真寺发挥更大、更多的功能，教胞们可以来此会友，还可以让清真寺把宗教教育与学校教育结合起来。同时，广义阿訇提出，现代社会，一定要通过思想的引领，才能使穆斯林青年不走出教门，才会坚守“主道”，坚定信仰，所以他大力提倡在清真寺定期举办学术交流活动，邀请学者前来讲座论谈，为穆斯林提供不同角度、不同声音的分析，让穆斯林更多、更清晰地认识伊斯兰教。

“金无足赤，人无完人。”阿訇并非神圣人物，他们也是普通百姓中的一员，是穆民社会中的一份子。不过既然是阿訇，就应该率先垂范，处处行为严谨，因为很多人都在效仿阿訇，稍不注意，就会误导人。阿訇也有家，在父亲、丈夫、阿訇、邻居等不同的身份角色中转换。广义阿訇也自我剖析，认为“人非圣贤，孰能无过”，所以祈求“养主”安拉饶恕他的过失，同样给他以宽仁。

广义阿訇一生全部投入到香港穆斯林宗教信仰方面。如今101岁的老人家，仍然精神抖擞。5个儿子也都年过不惑，每一个都信仰坚定、虔诚。现在儿孙满堂的广义阿訇享受着天伦之乐的同时，不忘敬仰“主宰”。每周五聚礼，他都会在儿子的陪同下到爱群道清真寺做礼拜，然后在楼上的清真餐厅，与穆斯林聚餐吃饭、叙旧。作为一位穆民，他虔诚敬“主”；作为一位伊玛目，他尽职尽责，为香港穆斯林能够在都市化环境里继续坚守信仰，默默地做出自己的贡献。

体验香港穆斯林过“圣纪”

穆斯林纪念先知穆罕默德的宗教仪式，中文称之为“圣纪”，即纪念圣人。香港穆斯林也注重过圣纪。

香港爱群道清真寺是由不同族裔组成的一个集体，按内地回族的说法，他们组成一个寺坊。这个寺坊的组成人员有来自印巴的穆斯林后裔，也有来自东南亚诸国如印尼、马来西亚和新加坡等国的穆斯林，还有香港本地穆斯林。由不同族裔组成的这个寺坊，在纪念仪式过程中会采用什么样的受本土文化影响的仪式呢？他们是如何协作而愿意用同一种彼此接受的方式呢？带着一连串的问题，今年过圣纪时，我在蒙蒙细雨中步入香港岛湾仔爱群道清真寺。

走进清真寺大殿，纪念活动已经开始了。平日礼拜的大殿中央已经放了几个方桌，举行赞念仪式的几位宗教人士按部就班跪在桌子旁边，桌上放着诵读经文时用的经典（《毛路德》经）。从门口进去，左右两边已经有很多人围着桌子坐了下来。左边是男性，右边是女性。年长跪不久的，选择在后面的椅子上坐着。两边不分年龄长幼，按照到来先后的顺序席地而坐。右边是一些在港做家佣的印尼、菲律宾妇女，还有平时多见的当地穆斯林妇女，也有几位印巴妇女怀抱孩童，静静坐着等待纪念圣人诵读仪式的开始。左边前排坐着星期日专门来清真寺学习宗教知识的印巴穆斯林后裔。这些孩子平日在穆斯林创办的中小学读书，一到星期日，按照父母的安排，来清真寺学习。看年龄大小，有幼儿园的顽童，也有上初中的学生。在经师Abdul Muhaemin Karim 的安排下，他们整齐地坐在前排，后面则是不同时间进门落坐的印巴人、香港穆斯林、印尼穆斯林等。印巴人较多，有的留着长髯，穿一身白色或蓝色大褂；有的则西装革履，穿戴整齐，一脸严肃。香港人中年长者较多，年幼者只有三四个。印尼穆斯林是我常见到的那几位，也是来港多年的劳工或者生意人。因为香港其他清真寺也会统一过圣纪，所以来的人没有像星期五做聚礼礼拜时那么多。我向旁边一位香港穆斯林了解情况，他说，今天是星期日，很多以前住在附近后来搬到其他地方去的穆斯林，都来了。过圣纪是一个很重要的宗教活动，家里没有紧急事情的，都会来参加。

仔细翻阅了一下安排，我便明白，在这个多种族裔、多元文化共存的寺坊里，组织者也是颇费精力，应该说做了面面俱到的安排。先是诵经师Abdul Muhaemin Karim用阿拉伯语诵读，接着是长达近一个小时的赞圣，然后是用印巴人能听明白的乌都语短讲，接着是用香港穆斯林能听懂的广东话演讲，最后是总结性的祈祷文。但凡来者，都会根据自己的文化和族裔背景明白此次过圣纪的仪式。

我进去时，诵念已经结束，在爱群道清真寺杨兴本教长的主持下开始赞圣。我见周围的人纷纷开始翻开小册子，前排的印巴孩子们正襟危坐，等着《毛路德》经诵读师石阿訇开始领头。石阿訇清了清嗓子，翻开一本封面发黄的经书诵读。后来仪式结束，我走上前去，专门翻看了诵读用的经书。这是一本20世纪30年代在新加坡初版的印尼版本《毛路德》经，书页发黄，日久风化，还有掉页。石阿訇说这就是赞圣词。

赞圣开始了，石阿訇先用广东话说了念法。他带头先大声赞念第一句，下一句在座的人都跟着念。这样一前一后，前后呼应。石阿訇虽然年迈，大声念出来，还是精神十足。印巴孩子应该是提前做了训练，他们熟练地跟着石阿訇的节拍，清脆悦耳的童声在整个大殿里响起，令人倍感神圣。原本坐着的人，都跪起来，试着一起诵念。后来据杨兴本教长说，赞圣在印巴穆斯林当中盛行，有的要把整本都诵完，需要两三个小时。在这里只诵念了不到三分之一。这种纪念穆罕默德诞辰的仪式，在内地西北苏非派当中也很盛行，不过念法和所念内容各有特点，有的是一个人单独高声大赞，有的是清真寺的满拉在阿訇的带领下一起进行。香港过去也是这个念法，一代传一代。现在石阿訇是唯一能够带领赞念《毛路德》经的人。年过九旬的张广义阿訇也在石阿訇父亲的教授下，担任爱群道清真寺教长时念《毛路德》经。当然还有一位在伊斯兰联会担任主席的姓马的兄弟，他的父亲可是真正的Maulood King（毛路德王），意思是赞圣时，从念法到声音都比较特别，令听者肃然起敬且很容易进入纪念圣人的专一与敬慕状态。现在，石阿訇为了后继有人，专门培养了还在读大学的香港穆斯林后裔脱麦肯做继承人。这个过圣纪仪式中，他专门把脱麦肯叫来，现场训练。脱麦肯已经参加过这样的仪式，所以在赞念时，也是声音洪亮，没有羞涩或胆怯的表现。

在石阿訇的带领下，前后接应地诵念了近一个小时之后，石阿訇最后高声赞念主和圣人。接着杨兴本教长邀请《古兰经》诵读师、巴基斯坦籍的Hafiz Atiq-ur-Rahman用乌都语短讲。这时，香港穆斯林并不明白Hafiz在讲什么，他们纷纷闭着眼，默默地期待后面仪式的继续。孩子们也是鸦雀无声地听着Hafiz的演讲。我问旁边的印巴人，Hafiz在说什么。他说是有关穆圣生平的故事。接着杨兴本教长开始用广东话讲穆斯林应该敬爱穆圣的道理。这时，听不懂广东话的孩子们开始坐不住了，交头接耳地戏耍起来。在坐的人并没有厉声喝止，对于孩子，不管是香港穆斯林还是印巴穆斯林，始终保持着宽容。他们年岁还小，坐不住是正常的反应。不过其中一个小孩可能意识到了，他把手指放在嘴边，做了一个“嘘——”的动作，旁边的孩子就不再作声了。接着是爱群道清真寺助理教长王孟扬做总结性的祈祷。他翻开《古兰经》，捧起双手，大声地诵念了约5分钟，然后带领所有人轻轻抚在脸上，念着“阿米乃”。

这一仪式后，负责人通知来者去楼上吃茶点。到了六楼，印尼、菲律宾籍的穆斯林妇女早就准备好了吃的，人们有秩序地排队用茶点。虽然来者有着不同的文化背景，但在精心的准备和安排下，过圣纪顺利圆满地完成了。

（发表于2012年10月23日

《中国民族报·宗教·文化》）

过 年

如果问香港人怎样过新年，与问纽约人怎么过新年并无二致。如此言说，意思是香港这个地方，在全球化的影响下，所谓香港人的表述绝对不是仅指香港本地人，即使从人口比例上来看本地人的比例也是高居在上。如果仅仅说本地人如何过年，也就不是香港人怎样过年这么诱人的题目了。所以说，香港人如何过年，当然不能单指中国人的过年模式。

香港本地人的过年绝对不是在大年三十等着看春节晚会，有的人甚至都不知道有春晚这个说法。他们干什么呢？忙碌了一年，轻松的日子在圣诞节期间已经休闲庆祝过了，春节是一家人团聚的继续。当然，本地人也没有内地百姓辛辛苦苦一年下来，千里拥挤回家团聚的悲苦情节，因为一年频繁的节假日使本地人对于各个节日都有些习以为常的感觉，往往以为，所谓节日就是亲戚朋友联系团聚吃大餐。一年按时日计算，圣诞节的假期是最长的，加上周末有14天，其次是春节，周末合起来是7天。除了一家人团聚吃饭、聊天或者打几圈麻将之外，香港本地人最为时尚的还是外出旅行或者选择好天气去附近岛屿远足、野餐等。传统过年习俗中的各种禁忌本地人也是遵循的，不过有一点是南北东西差别所致，粤地广东人移居香港，许多习俗也是延续不断，不过见面时的问候语可见此地真正的商业气息，见面双手一供，来一句“恭喜发财”，闻者自然知道下一句是“红包拿来”。说起给红包，还真有特色。谁能得到红包呢？已婚者自然没有希望，无论年龄多大，未婚者都会在春节期间收到来自长辈、朋友的红包，具体数目则各有不同。

除了发红包，一家人的聚餐还真需要重笔记录一下，因为华人团聚习俗不变，鬼佬一年在圣诞节期间不远万里都要回家相聚，至少为了体现自我认同、自我文化特色，尽管远在海外，他们还是会不远万里，在这个短暂的假期回来与亲人团聚。那么团聚时吃什么呢？说起吃，香港本来就是饮食天堂，世间名菜佳肴齐聚香港，习惯了外出饮食的本地人在这一天不会像内地人在餐厅订上一桌，所谓下馆子显摆吉庆一下，而香港本地人更愿意选择此时回家蜗居，慢慢准备一桌，一家人围着桌子，一边天南地北的神侃，一边津津有味的享受美餐，正所谓一切尽在大餐中。本地人对鸡的青睐，对鸭、鹅的大吃在内地可能少见，至于海鲜类，更是司空见惯。营养知识，对食物含量以及哪些多食哪些少吃的讲究在香港可谓非同一般。富裕的人近些年对有机蔬菜的追求，讲究营养饮食的人们往往喜欢理智地选择一些特别的食品，即使价格昂贵，他们也是在所不惜的。年夜饭中的除了色香味齐全之外，还会添加一些营养元素。有一点需要透露，香港本地人的饮食正在慢慢地向东南亚，特别是菲律宾、印度尼西亚倾斜，这与常年在家为他们烹饪的佣人是离不开的。

所谓民以食为天的分析之外，本地人在春节期间的活动还有重要一项，春茗。春茗是香港社会商业化、资本化过程中形成的一套联系同事关系、伙伴亲情感的必须庆祝。春节过后，一个公司、几个商业伙伴会相聚定时某地，一起大吃一顿，同时送上几个抽奖仪式，欢聚一堂，不可缺少，这在内地不知有无，对于笔者而言还真是新鲜事。

本地人对于传统习俗的舍弃也随着商业化的浓重而逐渐为带有商业字样的内容所取代。回到内地，特别是西北乡野，看到家家挂红灯，户户贴对联，所有院子都披上节日的红妆，在香港却是少见的，香港人也不会花钱放鞭炮，更不会张灯结彩过大年，不可忽略的还是那些贴在门上的恭喜发财、生意兴隆等。香港人在农历年私家舞狮、放炮的庆祝现在都被官方的集体性行为所取代了，无论圣诞节、元旦还是春节，维多利亚港的烟花表演。成千上万的人在获知何时举行时，往往举家出动，在阵阵喝彩欢呼声中，迎接每一个新节日的到来。

维多利亚公园的花展这些年逐渐成为香港人迎接新年的仪式之一。为了在年节来临前再增加点收入，花商不知何时共谋了这样一个盛展。各种鲜花云集公园各处，爱美爱花的华人成群结队欣赏各种鲜花，当然也有爱不释手者会情不自禁花上几笔钱，买上几束花，拿在手上，也是节日的喜庆表达。灯饰也是这些年兴起的集体行为。一幢幢高楼大厦的业主一起集资，把整个大楼用各种花色的灯饰妆点起来，每每节日来临，彻夜长明，可谓为节日披上盛装。

虽然进入后现代的社会，人们对于佛祖、妈祖、黄大仙的依赖还是没有些许的减少，与其相反的是，随着人们手中经济势力的增强，多神力的相信与依赖可谓有增无减，所以这些地方的香火不仅不断，而且应该加上源源两个字。大年三十的头炷香也应该是最值得重笔的。期间，香港各界名流大腕都会在此时露面，各部门的官员也会大张旗鼓出来为香港人民新的一年点香祈福，当然他们是不怕因此“迷信”而丢掉乌纱帽的，因为这种个人行为不会被视为官方行为。

贺岁赛马是不可错过的节日盛典。大年初三，在家里团聚了数日的人们这一天会出动，即使赛马门票昂贵，他们还是不惜重金，一睹风采，同时出来呼吸呼吸新鲜空气，感受室外的节日情景。

当然过年也有一个禁忌，千万别用“新年快乐”来祝福新年，因为快乐的谐音就是“快落”，那不是在意显对方倒霉吗，所以记得说恭喜发财，兴许还会得一个红包。

香港本地人的节日庆祝是展现中国文化元素的一个好时机，期间也多少包含着中国传统文化中的一些真实情景，这与国家控制与意识形态有着一定的联系。当然金融都市留下的商业化气息多少使原汁原味的华夏节日文化有些走样，殖民文化留下的西洋气息也使本地人可以以此来展示他们作为香港人的与众不同，多样性、多元特色在此也是表现浓烈。

除了香港本地人，香港人中还有来自印巴、东南亚诸国、欧美、日本、非洲、澳洲、加拿大等的移民，应该说世界各地的遗老遗少们，他们并不是完全划开一道屏障与本地人隔开，其实他们多少也受华夏文化的涵化，在不同节日期间不仅享受着节日带来的休息，他们也融入节日的欢愉当中，一起咀嚼品尝着这不可多得的全球化文化大烩菜。因为人的婚姻的多样性交织，在香港完全区分本地人还是非本地人是不易的，因为大量的超越国界民族种族的杂婚，使香港人的本地人身份纷繁复杂。先写到这儿吧！香港人的春节，在世界上应该也是绝无仅有的，我是说庆祝方式，不过节日的制造，也不过一个节日。

走进消费市场

最近三天，香港一田百货商品降价打折，因为普遍撒网，免费提供各种报纸，闻者千万，时间一到，各路消费者蜂拥而至，整个沙田电梯拥挤不堪，偌大的沙田广场被围得水泄不通，各种肤色，男女老幼，都似乎突然进入一个从未体验的新节日那般，人头攒动，摩肩接踵，来来往往，到处洋溢着节日的浓郁气氛，对香港文化节日不熟悉的人，还真以为这又是圣诞节、春节过后的第三大节日云云。其实就是一个简单的打折信息，常常会让香港人，同时包括外地的游客，失去理智般，不管是否需要这个物品，只是感觉价格便宜，千载难逢，先买回去再说，于是平时逊色于高价名牌的消费者，抓住这个机会，即便是赤字，即使真的不需要某个商品，这些消费者还是会不管不顾地大包小包买回家，喜气洋洋，自以为占领大便宜。也许这就是香港人的消费文化，但是对于我这个刚来香港不久的内地人而言，真的感觉有些匪夷所思，为什么呢?

习惯了大陆小城市低消费生活的我，一般坚持食不求美，旦求足矣，不求名牌消费，只顾衣可蔽体，自然舒服就可以了的那种随遇而安的生活方式。虽然香港与大陆只有一墙之隔，走过罗湖口岸就到了香港或者深圳，但是两地强烈的反差真让我有些始料不及。因为过去在首都北京生活读书几年，自以为已经适应了大都市的繁华与拥挤，嘈杂与热闹，对于来香港的深造当然没有陌生的预料，但是在出机场后，在左顾右盼之余，特别是在不会上地铁，不能搭出租时，才知道我低估了这个地方。

初来乍到，俨然隔世，夸张一些说，似乎瞬间步入陶渊明所描写的“世外桃源”。首先看到的是忙忙碌碌的人，一个个似乎是被安装了电池，受人遥控的机器人，仔细看看，各个都一个表情，对你视而不见，自顾自己。大街上汽车靠左行，司机的驾驶也是靠左，马路上干干净净，各种标线清清楚楚，人们都过着循规蹈矩的生活，路边时时有专门为失明人士设计的红绿灯滴滴答答的声音，英式的双层电车，密密麻麻悬挂在马路两边的广告牌，一个个只讲广东话或英语的，而且男男女女西装革履的职业装饰，一个个撑开门面的商店，里面窗明几净，服务生面带微笑迎接你的到来

这些都是其次，我想在世界各地，在中国大陆，从南到北，从东到西，都是有差别的，各地都有自己的地方性特色，但是一个地方的文化样态，因为统一的国家行政政策多少还是有些共同的内容。我要说的就是香港人与大陆人，多少有些不

同之处。

因为近一个世纪的殖民统治，香港人完全适应了英式管理下的那种生活，强烈的以自我为中心，以独立进取为特点，以我的事情我来办，我办一定要办好为特性的生活方式，使香港人在此弹丸之地形成了一种强烈的进取心、责任感和危机意识。生活中，工作中，事无巨细，与己有关的，一定要尽善尽美，一定要善始善终，一定不让人挑出半点毛病等，这些特点给我的印象是，香港人与我们不一样。而且这种不同给我的感觉是，香港人似乎是在一种差序格局之外中实现着自我的人生价值，又在差序格局之内保留着人际亲情关系，这种双重性所带来的结果是，香港人的不愿自曝隐私而常常被毫无保留地作为茶余饭后的谈资，同时似乎没有隐私而处处是秘密的个人生活。这种双重性给外来人的感觉是，香港人在文化沙漠中点点滴滴地去探寻自我特色，似乎像洋葱一般，一瓣瓣拨开，到最后没有一个核，但是每一片都有着属于香港本地的特色。

相信吗？会讲普通话的香港人讲起普通话来，字正腔圆，一招一式非常逼真，特别到位，我虽然来自北方，很多次都感觉自愧不如，因为香港人的较真，香港人的善始善终使香港人有了一种“不见黄河不死心”的进取心和斗志。说到语言，过去在看港片时，听到香港人常常迸出的“Yes，Sir，yes，Madam”是我们自以为香港人做作的笑料，以为香港人的英语不仅发音烂，而且用词更是稀里胡涂，其实我们的主观臆断是不符合事实的，因为香港人的英语真的是无可挑剔。首先说英语基础教育，相比而言，大陆课堂教给学生的英语是外语，是一种可有可无的非义务性语言，而在香港人的生活与教育中，英语是他们的第二母语，从幼儿园到大学，他们处处接受的都是全英式教育，而且教师也都是严格按照英式传统培养出来的，但他们更不忘用广东话培养孩子的汉语能力，教学与知识习得方面，特别注重中国文化的学习，这种学习更是一种超越意识形态的学习，往往根据学生的爱好和课程大纲的结合而自立自愿的学习。所以呢，他们对英语材料的阅读犹如喝凉水一般，习以为常，滚瓜烂熟，反而有时对汉语的理解还不如英语。因此，我过去的那种“瞎子摸象”，那种“自以为是”，来到香港还真有些似乎是东方遇到西方的难以自控和望而却步。语言方面的学习和习得能力展现了香港人在两种文化下的自由游弋。在香港常常会听到人与人之间见面时的问候不是大陆的“吃了没”，“去哪儿”等，而是“Hello”或者淡淡的“Hi”，此时我会产生一种莫名的愤慨，偷偷骂一句假洋鬼子甚或什么的，但是香港人生活中的英语直译现象可谓比比皆是，刚来时让我怎么也找不到的“士多（Store）”，常常想吃家乡的面条，香港人称之为“斯半干地（Spagandi）意大利空心粉”，水果中的“司多掰蕾（Strawberry）草莓”等，没有适应前真有些举步维艰的感觉。

语言与饮食方面的差异还都在其次，因为我们在内地南北东西的文化差异，同样会让流动人口有种文化震撼和文化休克，但是因为收入所带来的消费模式、消费理念真的是大相径庭，也可以毫不夸张地说是：一分钱一分货的体现。刚来香港，很多次与我亲密无间的本地朋友会在校园或在大街上，尤其在展览馆附近，他们常常会有意无意地说，看那是内地人，大陆人如何如何，我会故意装作无意地问，你怎么知道那是内地人呢？他会一一列举，什么喜欢蹲着，着装邋遢，服饰简单，喜欢盯着人看，嗓门很大，爱显摆，喜群聚等，我听了自然不是很乐意，但是想想也真有些类似之处，例如很多次在各种名牌店中的不问价而刷卡消费，在公共场合的大声喧哗（当然，这并不是什么陋习，只不过是香港人习惯了自己循规蹈矩的生活的不习惯罢了），可是有一点的确需要仔细分析才可见一斑的，不能妄下结论。香港人的收入是多少？其实还是马克思的那句话，经济基础决定上层建筑，加一句，决定上层消费文化。香港餐馆的临时打工人员的最低基本工资，我指香港本土人，是不低于7000港币，与我们内地深圳的白领不相上下，公务员最少30000港币，所以在消费方面，他们自然会水涨船高，常常看到他们全身上下都是名牌，价格也是高得令人瞠目结舌，但是他们买起来呢，连眼睛都不眨巴一下，喜欢就买，他们的观念是，“宁尝仙桃一口，不吃烂枣一筐”，所以一双一千港币的鞋子，也不过他们月收入的3%，而我们呢，可能就是30%。自不可比！

要是对前面的蜂拥而至和疯狂购买做出一个总结，自然就是他们的消费理念结合他们的收入。那种以消费产生快感的购物模式似乎真的为香港人带来了生活的目的和意义，这都是其次，如果夜间去看看处处人满为患的高档餐厅、酒吧，再看看大街小巷停靠的名牌轿车，我们一定会高叹邓小平同志曾经提出的“黑猫白猫”理论，因为人，作为一种消费的文化动物，只有满足了基本的物欲，才会感受存在的新理想和新追求。当然，我的观察也是一孔之见，相信来了香港的人都会有自己的视角看香港，有自己的文化背景去分析香港，但是有一点始终不可忽视，就是香港人所具有的责任心与进取心是我们必须要学习和效仿的，因为千百年来，我们文化习性中生成的那种“自给自足”和“随遇而安”，那种“差不多”和“将就一下”的习惯是不可取的，因为我们生活在一种全面进步的时代，我们在看到人家都一个个崛起而我们依然贫困交加的面孔自然不会快乐。

大陆农民在香港的感受

我的一个农民朋友，大老远花钱坐飞机来香港看我，一为表达自己为友的心愿，一为圆自己的梦，毕竟一辈子很少出门，有这个机缘来一趟香港，也算此生无憾了。

朋友来港，先到深圳，我接到他后，他兴奋中有些失意，我问怎么了？他说这辈子第一次坐飞机，很兴奋。但是上去之后不就是一个大巴吗？不过上面多了几个服务小姐罢了。太快了，就两个多小时一下子从西边飞到南边。但是这么快，有啥意思呢？辛辛苦苦地赚钱，两千块两个小时就花掉了，有点可惜。你看我也不着急，买张火车票，一路南下，感受大好河山，这呼哧一下就来了，赶时间干嘛呢？来了还不是玩吗？这人都想赶时间，赶到了，节约了时间，又能干啥？

我听了朋友的唠叨，不知道该做何答复。从机场到罗湖，我们坐着大巴，看着两边的高楼大厦，朋友目不转睛地盯着两边后退的各式建筑，那种进了大观园的感觉，让我不知如何是好。他很幽默地说，这楼建这么高，外面装潢那么漂亮，哎呀，美是美，那么高的楼怎么爬上去呢？驴粪蛋面面光，外部包装那么好，还不是为了多弄几个钱吗？浪费太大了。我以为城市是个好地方，来一看，头往出一伸，花钱。没钱，靠边站。太没人性了。

到了罗湖，先是大陆这边的验证，他低着头，有些怕怕的样子。我问他怎么了？他说感觉挺严肃的，这大盖帽不会不让我们过吧。只要手续全了，不会的。他略显不屑地说，人家不让你过，随便找个理由，还是小心为好。到了香港这边，他马上脸色大变。这香港不是咱们的吗？这些警察与我们的警察还穿的不一样？为什么啊？我说这边是一个特别行政区。他不相信。把通行证交给验证官，朋友仔细瞧着警察的衣服和行头，颇为惊讶。

过关了，他如释重负，像小孩子一样。站在大桥上，对我说，兄弟啊，这座桥，很有意思啊。我以前在电视上看到过这座桥，当时想，怎么分配呢？那段是资本主义？那段是社会主义呢？都是混凝土钢筋做的，为什么要分个姓资和姓社呢？嘿嘿，我看差不多。我说不一样的。他很是幽默地站在桥中间，举着步子说，我即将踏入资本主义社会啦。

坐上火车，广播上用英语、广东话、普通话三种方式传递信息，他一面看着墙上的电视，一边说，这些人怎么都那么严肃。都是人嘛，一个个敬而远之，彼此不理睬，太冷漠了。你看那些人的眼神，衣服都很好看，但是没有人气，没有任何表情，哎呀，冷漠啊。

到站了，我们下电梯，他第一次坐扶手电梯，费了很大劲才踩上去，摇晃着。他说，这玩意儿没想到还挺难上的。我让他站在一边，别挡道。他有些生气地说，我没有挡道。他习惯了站在右边上下，这边靠左，后面有人要过，说了几声“木高一”，朋友没有理睬，那人瞪了他一眼，气呼呼地说，大陆仔云云。

朋友喜欢抽烟，出了站，就点了根烟。马上有好心人上来说，朋友啊，抽烟损害健康，请戒烟吧。这里不是抽烟场所！朋友说，你管不着，我抽烟是我的事情。刚才还客气一点，那人见他顽固，很不客气地说，请马上掐掉，否则罚款最高不超过五千港币。我示意他赶紧掐掉。他才不情愿地扔在地上，用脚踩了一圈。我马上附身捡起，包在纸中，并仔细把地板上的烟丝捡起来。朋友说，这是公共场所，干吗呀？

公共场所就得维护，我说。公共场所我们有权干自己喜欢的事儿，他无权干涉……

朋友打算来玩一周的，但是过了三天就嚷嚷着要走。我问怎么了，他说这里活着真累。人每天都忙忙碌碌的。你看大街上人人都行色匆匆的，干什么呢呀？人都活的不像个人样。看到我的朋友们晚上都熬夜两三点，他更不屑一顾了，你们看看，都累成啥样子了。我们住在附近的左邻右舍都不认识，也没有主动打招呼。他说我们一个村子谁不认识谁啊，每家大大小小事情都有人来帮，看你们，死了都不知道，太悲惨了。

这儿干啥都要什么制度，制度是个啥嘛？感觉一点儿都不畅快。我以为你们都在天堂里面生活呢？哎，你们都是一些没日没夜的奴隶啊。一起去吃饭，四个人一人一个自助餐，花掉240，每人60。因为量少，没见吃，就没了。他还没吃个半饱。太费钱了，60港币，吃了个没见影，贵死了。这60块，我一家人吃一周。他摇着头。

朋友要回去了，原来的计划缩短了一半。临走时，再三叮嘱我，还是早点回去，那儿才是人过日子的地方。这个资本主义大都市大社会，人忙啊，日子刷刷过去了，还没活出个人样。

我呵呵地笑着，没有回应。在他临上车时，难舍地说，哎呀，城里人越来越没有人样了。虽说吃的好，穿的好，但是没有我农村人的心境。我们一天轻轻松松地，你看你们，不就为几个钱嘛。

国际阿訇阿里丁

在湾仔清真寺遇到一位老人，他在全球华人穆斯林圈中广为熟知，他就是被誉为“国际阿訇”的阿里丁老人。如果仅从外表判断，没有人相信他会在西北平凉市捐赠修建一所穆斯林幼儿园，而且长期定期给幼儿园提供资金，负责幼儿园孩子们的教育与饮食。这位与癌症对抗了八年且已经瘦骨嶙峋的老人，竟然每周周六都坚持用推车推着一大包从各个地方搜集来的衣物，寄送到西北的偏僻小村，这一坚持持续了二十五年直到他归真，按照他的朋友另外一位年长的香港老人说，他所寄出去的东西，能载一火车，受益者上万人，粗略估计应有上千万元以上的价值。根据我与他的交往记忆，我总觉得，慈善已经成为他的生活。阿里丁归真的噩耗传来，世界各地的穆斯林为他做祈祷，用各种方式为他送行。

每次周五做完礼拜，很多人都是早有准备，把来清真寺时带来的衣袋里的衣服递给阿里丁，然后又拿出几张纸币给他。起初我以为这位老人家境困难，完全依靠别人的施舍和资助生活，一件事更加深了我这样的想法。我看到他自己不花钱买吃的，也不着急吃，这个干瘪的老头，只是和不同的朋友打招呼聊天或者拿着不同的单据、照片和感谢信等给人看。香港人是比较讲究个人主义的，吃饭也是一样，如果几个人提前有预约，到时一起吃饭。如果没有预约，见面也只是客气地问一声，不会强烈邀请。阿里丁只是说一声“谢谢，你们用”，对方就接着继续吃，或者边吃饭边聊天。不管是喝早茶还是下午茶，或者吃正餐，“光盘行动”的口号在他们身上可是身体力行的。在香港五年，从来没有见过奢侈的大鱼大肉浪费一桌，都是每个菜吃完，实在吃不完打包。人们按量点菜，不会好面子地去浪费。阿里丁怎么解决自己的餐饭呢？

餐厅一角专门摆放的是各种包子、饺子，在香港称之为点心。人们都陆续用餐结束回家，阿里丁收获很大，各种衣服堆放在墙角，我在想，这么大年龄的人了，收集这些衣服卖钱维持生活？更让我惊讶的是，餐厅服务员叫他过去吃饭的情景。人们都吃完走了，很多点心没有用完，不吃掉会坏的，也是一种浪费。阿里丁笑眯眯地走过去，接过服务员给的蒸笼装的几层点心，然后自己倒杯奶茶，坐在一个角落，极为奢侈地饕餮着点心。一会儿服务员又走过去，不知道说了什么，阿里丁点点头，拿出准备好的饭盒。原来他不仅自己吃，还要把剩下的打包带回家。

吃完了，阿里丁一脸收获的表情，把兜里的钱拿出来点一下，然后用笔记录下谁给了多少，算个总账。接着他让服务员帮忙把衣服捆绑好，放到推车上，拉了回去。这样的场景我仔细观察了很多次，每个星期五，阿里丁总是不缺席地完成着这样的事情。这个人看来的确衣食无助，完全依靠这些人的救济而活着，真是靠山吃山靠水吃水啊。我有些悲叹和瞧不起他了。虽然年长，不至于吃残羹冷炙吧，总不能完全依靠别人的救济而活着吧，总不能贪婪到这种地步吧，几件旧衣服都要收集了去换钱……

后来的交流和经历，使我自己都因为有这样的想法而有些惭愧，我怎么如此卑劣地想事情呢？仅仅凭着双眼的迷糊去判断呢？

一个周五的下午，妇女会主席王阿姨问我周六有没有时间，一起去深圳寄东西。我想也没事，刚好可以去买点东西回来。我们约好在湾仔铜锣湾附近的妇女会总部见面。王阿姨已经联系好了其他朋友。我们在妇女会集合完毕后，一个人一个推车，车上面捆着一大包衣服。让我惊讶不已的是，阿里丁也来了，而且选了一个最大的包裹。那时候我还不知道他已经与癌症抗争了五年。一行七人，五个中老年妇女，我和阿里丁两个男丁。我们从铜锣湾坐上地铁，一人一大包，又从九龙塘转站换乘KCR，几位老人已经累得流汗了，不过她们看上去一脸安详幸福收获的表情。阿里丁，79岁的老人，身板硬朗，总是一脸喜悦的样子，手里拿一个小毛巾，不停地擦汗。他把帽子摘掉，头发已经全白，且已脱落的没有几根了。阿里丁坐下来粗粗地喘气，然后问我累不累。旁边的王阿姨笑着说，这个人不要命了，身体不好，还硬要来。王阿姨带着疼惜的责备之意，对阿里丁说，你啊，还是要注意休息。王阿姨对我说，你知道吗？这些衣服，大多数都是阿里丁一个个收集起来的。他经常各个地方跑着收集，然后还要亲自运到深圳寄出去。我们这样做，已经坚持了十几年，她说着竖起指头算了算，有些惊讶地说，都十三年了。

王阿姨说，在过去十几年中，她们经常从各个地方收集衣服、家里用的被子，还有孩子的玩具、学习用品等，收集一段时间，能够寄出去了，她们便联系朋友一起去寄给贫困地区的人们。一会儿就到了罗湖关口。过了关，就到了中铁快运站。几位老阿姨已经累了，她们坐下来休息，阿里丁一个人忙碌着整理捆绑，气喘吁吁地把大包小包装在大大的蓝色包装袋里，再推到磅秤上，过秤交钱，老人一直是那么开心地完成着每个环节的事情。我有些不解地问他，这么大年龄了，为什么不好好在家休息，还这么累死累活地忙碌？阿里丁的笑容总是那么率真而直接，不需要说话，就这么一笑，所有的意思已经传递过来了。他拍了拍我的肩膀说，ishaq，其实老人更想做事，不想被当作没有用处的废物。老人忙碌着有点事，也不会觉得时间过得慢。做义工做慈善是一种养生的行为，帮了人，自己也感觉开心，内心有着很好的抚慰。

包裹寄出去了，几位老人释然地走出托运部，阿里丁还要去邮局，几位老人要去附近吃饭。我陪着阿里丁去了邮局。去了才知道，原来他是受人之托，把香港穆斯林提供的各种慈善捐款，寄出去。他拿出一个单子，上面密密麻麻地记着不同的人在不同的时间给了他多少钱，这些钱的用途等。他分门别类地把几沓钱寄往不同的地方如甘肃、云南、青海、宁夏等。我见邮局人员对他很客气，像老朋友一样。他说好多年了，隔几个星期就来汇款。大概有多少？他摇摇头，微笑着说，这个保密哦。

我们一起回去的路上，阿里丁说如果可以请我帮个忙，有些照片需要扫描，不然丢了就可惜了。我们约好有时间就去拿。他的低调让我在他去世之后才知道，九龙清真寺当年重修，就是他四处奔跑募捐盖起来的。从设计到建设，他在阿拉伯世界和东南亚几个国家寻找资源，因为在这些国家的多次奔跑，当地人都把他称为国际阿訇。据一位香港老人说，阿里丁在当时向马来西亚一个财团募集到上百万的善款。我后来在扫描照片时，也看到了相关图记。照片中有他和马来西亚前总理一起在九龙清真寺旁察看建设进展情况的照片。

阿里丁祖籍哪里我不得而知，我知道他在十几岁时就跟随师父从南京到了香港。师傅是有名气的古董商人，他也因此而掌握了鉴宝看古董的技术。阿里丁如果继续贪图现世财富，一定也是个腰缠万贯的人。阿里丁为什么情愿舍弃古董行业而专心做慈善，我问了很多人，都有不同的说法。和他当年一起做学徒的黑先生今天的确家产万贯，谈起先他而去的阿里丁，他竖起拇指说，非常棒的人啊，这些年他虽然受了一些苦，但是他内心是甜蜜的，他的贡献，无人可及。黑先生给我讲了他们一起去平凉的故事。阿里丁用募集来的钱在甘肃平凉开了幼儿园，他们一行前往。幼儿园老师见到几位老人，很是开心。黑先生问这个幼儿园的来历，幼儿园老师讲了自己知道的情况，但是这位老师肯定不知道，坐在眼前的这个不起眼的老人就是四处奔波为幼儿园筹集资金的人。黑先生想说出来，阿里丁马上挡住不让说，他说没有必要，知道了麻烦人啊，还是保密为好。

阿里丁归真走了，与他交往的故事还很多。他做慈善的精神，也在鼓励影响着我们，我会继续在回忆中添加补充。

（发表在台湾《中国回教》2012年第3期）

“神灯”熄灭

走进大殿，后面空落的木椅犹如老将的战甲，一排排一字排开，历经岁月，仍然稳健不废。年迈的将军们随着岁月的滑动与年轮的增多而逐渐进入风烛残年，有的临阵落马，有的叩首下去完成了最庄严的禀报，生命走尽，一生战殁角斗场，完美无缺，如果再有个好日子，更是好上加好了。

我的忘年交就这样走了。人都说来路有序去路无顺，无论年龄长幼，时间到了，无论如何用尽，也是于事无补。忘年交是说我们之间有着很大的年龄差距，但是彼此的共同语言反而互相兄台称呼，无所不谈，畅所欲言的那种交往。这个人，我所认识的朋友，不过交往六个月，彼此的了解，却使我们有了一种别样的感觉。他，名字与神灯有着紧密的联系，阿拉丁。这是他家族的名字，如果按照父子联名制来看，应该是他父亲的名字。他的名字叫亚古柏。每次见他，先送上一句问候及祝福的寒暄，彼此握手拥抱，我轻轻叫他一声神灯大哥，别来无恙。他嘻嘻一笑，伸出手，略微逗乐地在我的脊背上拍几下，还是很乐意地接受了这种近似调侃与恭维的称呼。神灯，确是个百科全书式的人物。

朋友发来信件说，神灯归真。我先是一怔，接着为他轻轻念了一句，祈求养主减轻他在现世的错误，豁免他在后世的罪过，早日引导他入天园。神灯的去世，对我来说，不仅仅是伤怀。记得半年前在爱群道见到他，一个精神灼铄的老人，挺着腰杆，面露笑容。我说要与他交谈，他欣然同意，握着我的手说，年轻人，乘我们都还在，还都有一口气，想了解过去，只管问，大凡知道的，都会一五一十地告诉你。于是我们就有了香港几大景点、几大胜地、几大古迹的交流。过去在《华南早报》从事新闻采编一职的他，对香港大事小事、大街小巷可谓了如指掌。神灯喜欢读书，如果用博览群书说他的广泛爱好，那么一丝不苟就足以印证他对知识、信息准确性的苛求。每每谈起各大清真寺的来历，他如数家珍般娓娓道来，闻者悦耳，讲者更是口若悬河，完全陶醉于对那些不同历史的口述记忆中，真是难得。

每次交谈，几个小时瞬间漂流，总觉得相见恨晚，无法快速记录“这块活化石”。神灯也是津津乐道，他似乎有种自我价值的终端体现的意思，如果有人靠近，他会放大嗓门，把那些深藏脑际的事情一一“汇演出来”。后来我们商量找个摄像机，把他的这些记忆录制下来，不知何故，我后来竟因为忙于杂物而没有去履行我的诺言。可怜见，神灯许是等了许久。

最后一次见面，是在餐厅。当时我与一位老人相约。我们当时谈兴正浓，神灯走将过来，顺手推开椅子坐下，我拿起一个茶杯倒了水给他（餐厅按茶杯与人头收钱）。他立时站起来说，不用了不用了，生怕我因此而多花五块钱。我强烈要求他坐下后，神灯微微一笑说，你们谈，你们谈，我是闲来无事，随便看看。那位老人似有被慢待的感觉，做出起身要走的样子，我不知所措，向神灯挤眉弄眼，他略有醒悟，顿时站起来，说声再见走了。谁曾想，这居然成了我们的永别。

神灯真的是那种身体健康的人。据朋友说，前些日子，巴勒斯坦遭轰炸，老人彻夜难眠，日日悲叹。因为他有着中东血统，所以对故土的牵肠挂肚自然无可厚非。就在这次，他回家就一病不起，直至走尽生命。

老人走了，去了他应该去的地方，而给我这个仅仅半年的忘年交却留下了深刻的记忆和无法弥补的遗憾。在听说老人已经完成使命，自私的我居然首先想到的还是那些没有完成的访谈和没有付诸行动的节目录制。在内心默默谴责自己之余，几分苍凉的悲哀和几滴疼惜的热泪聚交在内心深处某个结点上，突然间感觉心有些痛了。一个人，前些天还与我们高谈阔论，与我们翻山越岭，与我们欢乐开怀，今天想来却已经只是记忆。不过我相信，他尸身虽然安殁于跑马地的坟墓中，但是他的灵魂已经在养主那里接受生命意义的总结和汇报了。养主啊，我虔敬地祈求，减少对神灯的惩罚，因为他在世时的贡献，增加他的品位。阿米乃！

儿时记忆

在九龙清真寺的门口，在每天开斋前的半个小时里，来自世界各地的穆斯林从各自的住所潮水般涌过来，很多路过的人以为发生了什么事情，驻足眺望，想知道这些在他们看来有些另类的人不知道又在搞什么事情？两个时尚的小青年嘴里嘀咕着说，肯定又是这些穆斯林在闹什么事情，可不能到跟前去，万一出来一个人肉炸弹或者什么的，他们有些避而远之的加快了脚步，我突然有些失控地大声告诉他们，不是，现在是穆斯林的斋月，他们斋戒一天，是去清真寺开斋的……我还想大声喊几句，他们已经消失在雨伞和人潮中。人就是这样，有时候会因为一句话或者一个字，把本来极为平静安定的心给扰乱了，突然生出的这莫名的怒火而有些难以自控了，马上平静下来，不可以不可以啊，你在斋戒中，怎么能够随便发火呢？会损害你的斋戒，都辛辛苦苦一天了，何必在这会儿因为陌生人的一句话而前功尽弃？我深深呼出一口气，抚摸一下憋闷的胸部，疏松疏松，继续看来来往往的人。

距离傍晚七点的开斋还有二十几分钟，一大帮来自不同国家的小孩在一起打闹，不同肤色，不同着装，但有一个相同的身份，他们都是穆斯林小朋友。虽然他们说着不同的语言，不过有一句话足矣让他们不必再用任何语言来进行自我介绍，而且根本没有那个必要，那就是一句深情而庄重的色俩目。小朋友之间的举止，会让观看的成人感觉美妙，同时也有些惭愧。因为他们之间是纯粹而无暇的，见了面，伸出小手，有些怯生地轻轻握一下，拿出口袋里准备好的几个椰枣，或者一把豆子，或者干脆就是半个面包，给兴许第一次见面的小朋友。或者见面就根本有一种排斥，怎么也不理睬，人就是这样，本来就有一种无法让人理解的彼此接受或者排斥。可成人，无论如何，总会装出一副面孔来交谈。

看着这些孩子，我突然想起自己儿时斋月的情形。斋月的每天下午，学校早早就放学了，那时候老师多好啊！我和弟弟约好一起在学校门口回家，然后去清真寺开斋。其实我们是约好的一个竞赛，见到了，两个人一起喊一声一二三，飞奔回家，谁第一个到家门口，谁就负责端上母亲准备好的油香，送到清真寺，供人们开斋。虽然我是哥哥，但却很少能赢，二三年级留下的小儿麻痹症，总让我跑不过弟弟，我总是被远远丢在后面。弟弟跑到门口见我吃力地喘气，又忍不住跑回来，绕我一圈，夺过我的书包又飞快地跑到门口，我可能被这种方式刺激到了，也不顾一切地尾追过去，不过最后还是他取胜。没有办法，我虽然跑不过他，但是我还是哥哥啊。记得在学校，弟弟早自习还没有下来，就已经偷偷地吃完了装在书包里的馒头，下课时别的同学都津津有味地吃的时候，他却两手空空什么也没有了，跑到我们教室门口，张望一下，见我在，叫一声哥哥你来，我以为谁欺负他了，看他一脸委屈的样子。他低声问我，你还有馍馍吗？我根本就还没有动呢，一个整馒头还在我的书包里，我点点头，进去掰半个给他，他好像拿到了可以给人炫耀的宝贝似的，一溜烟就跑了，而我却是继续省着不怎么多吃，宁愿空着肚子，担心他又没有了来找我要。奇怪的是，那时候早晨不吃东西，几节课从来都不怎么打瞌睡，不知道空着肚子上课更精神的话对不对。中午回家，我却因为没有吃早餐而饭量惊人，母亲总会催促弟弟多吃点。

弟弟就是弟弟，他跑了第一，进门自然要端着碟子里母亲准备好的油香往清真寺里赶。母亲可能不知道我们两个私下定下的比赛规矩，担心冒失的弟弟会撒掉油香，而我这时也趁机不再理会比赛结果也想端着。弟弟着急地推开我，骂骂咧咧地说我不遵守规矩，说话不算数。母亲知道后，反而怪起了弟弟，你哥哥腿上有病，你得让着点啊。哪有弟弟给哥哥让的？可是弟弟总会因为母亲这句话而立刻递过来，极为懂事地说，嗯嗯哥哥端上。母亲这时会不失时机地拍着他的脑袋说，就是，我知道你不想要一个瘸腿哥哥对吧。弟弟点着头，我则似乎取得了胜利，反而要让给弟弟。母亲看着这两个儿子说，好了好了，你们两个换着端上去。兄弟就是兄弟啊，两个人就蹦蹦跳跳地往清真寺里赶了。有时候会不小心掉在地上，我们则惊恐地拿袖口去擦拭，到了清真寺门口，两个人又互相让开了，谁都不愿意直接端进阿訇的房间，因为见了阿訇要说色俩目，里面可能还有很多人等着开斋，那么多人，怎么敢大声说色俩目呢，内心的紧张和担心说错丢脸的心态，使我们俩总会让来让去。进了阿訇的房间，还是会不顾羞涩地道一声色俩目，见了阿訇不说色俩目，在儿时的记忆里，认为是大罪，听说不给阿訇说色俩目，阿訇割耳朵呢。阿訇的桌面上总是摆满了各种各样的油香。往清真寺端油香的工作都是我们这些小孩来干的，所以掉在地上沾上土的事情还是频有发生，掉在地上，则会竭尽全力地掩饰，把有土的夹在中间，然后担惊受怕地送进去，希望阿訇不要发现，等放到一起，也难以辨认是谁送来的，我们则有些幸灾乐祸地等着看热闹，不知道谁会中标。

九龙清真寺门口有一个现象，但凡来开斋的男女，手里都会领着他们的孩子。他们像大人一样，穿戴整齐，跟随在父母的后面，迈着步子进礼拜殿。为什么要带上孩子？有些人大老远赶过来，孩子跑得气喘吁吁。一位印巴兄弟摸着儿子的头说，还是带上吧，在家里见我洗澡要去清真寺开斋，他就着急的自己换衣服洗脸，要跟着来。带上好，不要让孩子失望，大人也不能觉得烦。我们小时候都是这样过来的，如果没有那时候的基础，也就没有了今天自己对教门的把守。

印巴兄弟言之有理。他带着儿子进去了，我继续观察来来往往的人，几个小朋友拥挤在一起玩香港小朋友常玩的一种卡片，可能在场一起玩的感觉不会觉得有什么特别，不过就是在这样的一起成长过程中的认识和互相影响，才会在长大之后，回味无穷地去记忆儿时的玩伴，还有儿时一起在哪里玩。

爱群道有位老人曾经极为兴奋地说，是啊，小时候一起打波（踢足球）的小朋友，居然和自己一起过了一辈子，今天都成了银发老人。儿时认识的那些小朋友，居然会彼此影响一辈子，因为彼此认识了，互相有个参照、比拼和监督。譬如上学，学习《古兰经》、开经……一辈子都在一起的经历，的确使他们能够在这样的环境下守住自己对安拉的信仰，如果不，别人会监督会笑话。

不同肤色的小朋友聚集在门口，有些可能没有封斋，不过那一刻，他们还是会装作饿了一天的样子，不能让其他小朋友发现。可能他们之间会调皮地拷问一下对方是不是真的封斋了？尽管只是小玩伴，但是这种影响力绝对能够奏效一段时间。

清真与Halal

穆斯林的生活中，尤其在饮食方面，有许多禁忌，轻微一些说，就是有许多讲究。最严格的讲究就是必须明确食品是不是“清真”。就这一概念，人与人之间的理解，不同社会背景下的人对其的实践还真有着各自的特点。

你去英国，一个非常虔诚的来自突尼斯的英国大伊玛目接待你，和你一起上街购物，一起吃饭聊天。忙乎了一天，他说要给妻儿买点吃的，走过一个街区，你们来到了一个小摊，伊玛目与摊主老太太看上去很熟的样子，很快买了卷着果酱、生菜以及奶酪、类似汉堡的东西，然后再拿一个纸杯装一杯豆浆一般的奶茶，付钱继续买其他东西。

你有些不明白，回转过去，又看了看小摊，牌子上没有中国穆斯林餐馆牌子上印的“清真”字样，也没有伊斯兰世界通常明示的“Halal”的标记。你问伊玛目，这个小摊是不是清真的？伊玛目似乎没有明白你的意思，你又重复了一遍，问是不是Halal的？伊玛目看了看你，笑了笑说，兄弟，这些都是素菜，没有任何肉，为什么一定要清真呢？你皱了皱眉头，不能接受他的话。那些厨师、老板是不是穆斯林？伊玛目又笑了笑说，无所谓啊，他们每天都洗澡，很讲卫生，他们做的各种食品都很干净可口。啊？你更不能理解了。我们中国穆斯林可不是这样的，我们连不清真的餐馆都不进去。你极力给他讲起中国的清真。

在中国，穆斯林一定要吃清真食品。所谓清真食品，就是经过穆斯林劳动者之手烹饪的食品才是清真食品。而且，所谓穆斯林烹饪的前提条件是，也一定要讲究卫生，保重食品的健康安全。清真食品，一定要出自带有洁净身体的人之手方可。你说的有些激动，伊玛目也是在若有所思地听着，不过伊玛目的表情也有很大变化，而且一脸严肃。

等你说完，伊玛目看了看你，有些怀疑地说：是这样吗？你们是这样理解“Halal”的？让我想想。伊玛目看了看周围，问你：如果你现在特别口渴，你会不会买旁边SEVEN-ELEVEN里面的矿泉水？嗯？你不知如何回答，因为你的确在里面买过，而且挺喜欢喝屈臣氏的水。那是不是清真的呢？伊玛目紧接着问：如果现在没有清真餐厅，周围就刚才那么一间餐厅，你会买他们的东西吃吗？我……，你不知道。伊玛目说，真主给人的是方便，不是为难。真主对世间的人，任何人都是公平的，你不能因为卖主不是穆斯林就要憎恨人家，就不让人家做生意生活了，这样的行为是真主所不喜的，因为他们也是大地的代治者。你不能眼睁睁地看着人家受苦受穷吧？伊斯兰讲的是宽大，不是狭隘。你听着，觉得伊玛目说得很有道理。伊玛目说，可能在中国，因为穆斯林人口分散居住，因此他们都有一种强烈的希望通过某种差异性来区别自己与他人之间不同的愿望。其他方面都差不多，只能通过食物的认同来表现出与众不同来。嗯！你点了点头，好像还有什么要辩白的，伊玛目继续说，我们不同地区的人，因为地方文化、社会背景的影响，伊斯兰都有了些许变化，这种变化有些是符合伊斯兰的，有些不是，须仔细分析和理解。

这是一次。又一次。你去广州见一位朋友。朋友在一个私立学校教书，很好的青海西宁穆斯林。你来了，他自然很高兴，本来想自己做饭，但是因为停电停水，你们还是决定去外面吃饭。去外面？你有些迟疑，原因是整个学校方圆几里地根本没有餐厅，更不用说清真餐厅了。坐车将近20站、近1个小时的路程，你们来到了一个小餐厅，是西北穆斯林开的清真餐厅。你们一起点了新疆拉条子。吃完了，朋友叹了口气说，出来真难啊，连一个清真餐厅都没有！

学校附近有餐馆，怎么不去吃呢？你故意问他。他笑了笑说，不成啊，兄弟，我们如果连吃喝穿都不讲究了，我们还拿什么来证明我们是穆斯林呢？我……

去爱群道清真寺

去清真寺，碰巧刚好是周五，要做主麻。香港人一个月的工资平均是多少，我没有打听，但是从坐车上，与内地大都市北京、上海相比，的确有些差异，差异在哪儿呢？北京的地铁环线二块钱随你绕行，而香港从大学站到罗湖站就要收22港币，从新界坐公交车101、100、116到湾仔过山洞，就一站，8港币，钱花着疼啊。工薪阶层一般是不敢打的的，太贵了。

我们从大学站刷卡（八达通）进站，坐车到红勘下车倒车，看到红勘车站附近是香港理工大学，心里暗暗计划以后一定要去看看。初次来香港，还真有些culture shock（文化休克）的感觉，怎么讲呢？第一次进KCR（一种城铁），几个朋友刷卡，都不看人家的标志是禁止通行，而我们几个还傻傻地刷啊刷，没有反应，怪罪卡有问题，去了售票窗口，工作人员检查，没有问题啊，又去试，还是不行，旁边有个老太太实在忍无可忍，用难懂的粤语说“蠢猪，这个关闭了”，当然没有听懂，还傻乎乎地说谢谢，马上换通道。几个人不知道怎么弄的，三个在里面，两个在外面，彼此着急，总算过去了，又没有看指示牌的习惯，从一个台阶下去又上来，真是纠错法啊，体验如何让汗水把整个衬衣打湿。更有可笑的，大陆从自动取款机上取钱一般是先出钱，再拿卡的，因为担心后面有人来抢劫，速度那个快，神色那个紧张，而香港是先确认是否打印，然后退卡，最后才出钱。有个同学，当时取五百港币，呵呵，钱从卡上显示已经扣除了，但是不见钱往出走，他着急了，用手往出抠钱，被后面等待的人嘲笑不说，还以为要青天白日地行劫。

湾仔有个清真寺，在湾仔爱群道四十号，是湾仔地区穆斯林的精神小区。一个非常不错的地方，有许多内容需要一步步一滴滴地道来。双层巴士过了山洞第一站拐一个小道就到了清真寺，一个小铁门上来台阶，就感觉到了伊斯兰教的气氛。门口一位长者身穿白色大褂，头缠头巾，见有人进来，递上穆斯林彼此的问候，我立刻有了回家的感觉。可能是时日已久，这里并没有非常崭新的高楼大厦，上了电梯进入五层，是一个穆斯林图书馆，里面古今中外有关伊斯兰教、中国穆斯林、中国伊斯兰教的书一应俱全，据说，这是一位香港穆斯林捐献捐资建立的文化保留与传播之地。

上六层进入伊玛目房间，见到了杨阿訇。杨阿訇从山东来，与苏姐是同乡，当然就有了几分亲近。杨阿訇是20世纪80年代巴基斯坦留学生，掌握6种外语，来港14年掌管几个寺坊的日常事务。后来细谈，他也是兼闻天下事务的学者，而非简单的宗教教职人员。杨阿訇，年过不惑，精神抖擞，两目炯炯有神，说到快乐之处，眼睛瞪大而发光，使对话者不得不服啊。

互相介绍后，杨阿訇便让人端来香港奶茶招待我们。他说这是香港最简单的招待客人的方式，我笑笑说是家乡人，不是客人，不用招待，自己来。不一会儿奶茶就来了。杨阿訇很忙，说今天要去香港最古老的清真寺领拜。

我和苏姐都想去看看，于是就跟着阿訇上路了。从清真寺出来，附近的人都向杨阿訇道色兰问候，看来这附近是穆斯林的小区。人的确很奇怪，认同的模式千奇百怪，有的以地域认同为基础，我们到了异域，首先要打听自己老乡的居住之地，时间长了，随着人口的增加，渐渐形成一个群体，一个小区，例如遍布各地的唐人街。有的以宗教认同为核心，不管什么地方的人，到了一个新地方，首先想到的是清真寺。所以，听阿訇讲，这附近有来自世界各地的穆斯林，巴基斯坦、孟加拉国等地尤多。当然，还有其他类型，在此就不赘述了。

香港也是一个文化多元之地，人多，各种文化特征都见惯不怪，我想不仅仅是文化社会的包容性，更多应该是交流所致。人文类型的多元化表现和杂糅之后就会呈现索然的反映。

杨阿訇说今天我们要去世界上最长的人工电梯。穿过几个街区后，我们坐上了一个双层巴士（2港币），其实就是有轨电车。在去往清真寺的路上，我想起一个问题，其实是对一种现象的反思。在大陆，红绿灯似乎并没有完全规约人们的行为，不管是什么灯，如果没有车，路人则大大方方地违反交通规则，而在香港，人们虽然都很忙很着急，但是如果是红灯，不管有没有车，都会停下来等可以通行时才匆忙而过。任何行为其实都是长期自我约束而形成的习惯，人们不会主动去违反。如果习惯了违反也就形成了习惯。

在去往古老清真寺的路上，看到一个个直钻云天的大厦矗立在狭窄街道两旁，杨阿訇说这就是香港的“天安门广场”，因为附近就是最繁华的金融街和政府办公室所在地，也是政策议事厅。因为车跑得太快，没有仔细看，以后有时间再来参观吧。

香港真可谓寸土寸金啊！随着人口的增加，人们不能濒临海水定居，只能往山上跑了，所以新的愚公移山其实前几十年在香港发生过。基建工人把一座座石山凿开，把石头卖给其他地区，在空地上再建起一座座高楼大厦。为什么说香港有世界上最长的电梯呢？动因也可能就在这里。这个电梯是分时段或下或上的，中午时分，许多人上山去吃饭，于是就往上行了，早晨一般是下行，因为上班族着急赶时间。

没有用心去数数，究竟有多少阶？“自动扶梯长廊共由23部自动扶梯组成，全长800米，自1993年建成以来，它已经成为香港的一景，每天承载 5 万人次上山（这是网络数字）。”

终于到清真寺了，杨阿訇说这是香港第一座清真寺，我向外看去，英文路牌为“Mosque Street”。这里多为来自巴基斯坦、尼泊尔、印度和孟加拉国的穆斯林。我四周看了看，也没有看到什么新奇，只是有些悲伤，为什么没有更多的大陆穆斯林或香港本地穆斯林来礼拜呢？他们可能已经忘记了今天是星期五，是主麻日。

在路上

计算一下时间，从住的地方到湾仔需要一个小时。那边是4点下班。

坐上地铁，几年前的那种新奇感已经因为熟视无睹而隐蔽在眼睛里了。记得几年前上了地铁，我喜欢观察哪些是大陆人，哪些是香港人。有几个特点归纳一下。大陆人喜欢热热闹闹地聚在一起说话，而且不顾周围，声音大一些，不过看着很真实，感觉他们一直很开心。或许是来香港玩，心情愉悦的缘故。不过有些朋友一定会给他们戴个帽子说，大陆人大大咧咧，不懂规矩，不为别人着想。我相信这是自观与他观的感觉错位，本不必由此做文章。香港人喜欢安静，即使几个人同行，也会挤在一起，小声说话，时而嘿嘿笑着，时而互相拍一下。他们喜欢把交谈内容隐藏起来，生怕别人听去，泄漏“天机”。服饰上也是一样，大陆人穿着内地比较流行的李宁等牌子的T恤，脚上也是，鸿星尔克或者安踏什么，配一条西服的裤子，或者随便穿一件休闲裤，上面穿一件西服，总归混搭的意味比较浓一些。香港人则是牌子靓一些的衣服或鞋子，阿迪达斯、耐克、新百伦什么的，衣服比较讲究，休闲就是休闲系列，西装一定是成套穿，还不忘打上领带。

这是外表能够判断来的。语言和交流方式，就连微笑的样子，注意观察，也能分辨个一二。最近这两年，出现的变化完全是因为电子产品的普及。在地铁上，香港人多拿一个Iphone或者Ipad自顾玩耍，或者就是一只手捂着听筒，跟人煲电话粥。衣服上的区别不是很明显了，可能这是不在一个切面下看到的情景，自然不可一概而论。

在尖沙咀的PRADA店门口，还是像以往一样，人们排着长队买东西，我都怀疑是不是店主故意找了一些人在那里做样子，不过看到那些人手里提着该牌子的手袋，我相信顾主还是比较多。

在旺角转地铁时，碰到两个年轻人，脖子上挂着相机，一位身穿一件印有伊斯坦布尔的英文字样的T恤，我以为他们是突厥后裔土耳其人。走近问一句，他们摇摇头说，是从欧洲马其顿来的，第一次来香港，感觉有很大的差别，虽然都是像伦敦、巴黎、柏林等一样的大都市，不过香港还是很不一样。我问他们哪里不一样呢？他们说，在高楼大厦里面是一样的，如果走进街区，感觉完全不一样。这里的繁华是欧洲的，传统则更浓郁地表现着中国社会。其中一位说他去过广州、桂林、上海等地，觉得那些城市跟香港也不一样。外地人的眼中，往往会观察和搜寻新奇的东西，我则不由感慨熟悉的悲痛，会和这个城市一样，沉寂会因为过于熟悉而没有新奇的冲动。所以还是走出去多看看，换一下感觉。“You can never go home again（人是不可以回到家的）”，这个英国有哲理的谚语，跟我们听说过的“不能两次进入同一条河”的意思一样。

在湾仔出入境大厅旁边等候的时候，我拿起一个小册子，上面说的是英才计划，香港接纳内地人的条件。不过这个小册子上面的一句话倒是让我觉得有些玩味。英才计划，不适合于古巴、越南、柬埔寨、朝鲜、老挝等国家的公民。唉？这是什么意思。我看还是不用再过多解释。

从大厅出来，感觉有些口渴，就去了附近的一个“开封菜”（KFC）店，要了一个奶茶，坐下来喝。习惯了观察的我，又发病了。我坐在那个角落，看到每次进门的人，都会有些怯生生地四处看看，男性喜欢找某个女性单个坐的位置坐下，或许是想填饱肚子，也不忘让眼睛也吃饱点吧。女性则更多愿意选择空位子，一个人落座吃东西。有些人喜欢边吃边四处打量，人就是这样吧，眼睛常常停留在异性的身上的时间比较长。

一对不是夫妇的朋友吧，我这么判断是因为那个四十多岁的女人，把找回来的钱塞给六十多岁人的手里，那个人还推让了一些，夫妻估计是不会这样的。男人很客气，看着女人慢慢吃，想伸出手去抓一下女人的手，不过他可能担心被别人看到，伸出去接触了一下就收回来了。女人微微笑了一下，有点撒娇地瞪了男人一眼。这个打情骂俏的故事，在慢慢进行，如果拉长镜头，说不定这位长者的老婆正在家里等他回去，女人的老公忙碌于某个工地，管不了那么多，各有各的事情。

一天很快就过去了，每天有每天发生的事情，和需要记述的故事。明大呢？

那些流出来的眼泪

有时候看到别人落泪，我们没有身临其境或者真切地体悟，会觉得有些想不通。如果真正自己经历过一次或两次，才会真正觉得，没有白流的眼泪。

我只有一个妹妹，比我还小一轮，结婚的时候，特别是在阿訇和亲戚朋友在一起念尼卡哈（穆斯林的婚礼证词），我的眼泪往出涌的时候，根本不是喜悦，也不是一种悲哀，是一种舍不得地疼惜。没有姐妹，或者说没有生过女儿的人是感觉不到的。在这一刻，我想起那个巴基斯坦老人，为何他眼泪像断了线一样，把几个手巾都擦湿了，他整个人像松开缰绳的牛一样，没有一点落脚停下来的样子。我当时根本没有设身处地地去想，这个老人，是疼惜，是不放心，是舍不得……

星期六的中午，只身前往湾仔的清真寺，参加一个皈依伊斯兰教的仪式。星期五就得到通知。阿訇说，一定要来啊，五个姐妹，两个兄弟，总共七个人呢。有你感兴趣的内容。我答应着，便安排好了第二天的时间和行程，顺便给另外一个皈依的兄弟穆斯塔法打了个电话，问他是否同去？穆斯塔法是因为对新疆和印巴食品感兴趣，进而认识了很多穆斯林朋友从而认识了伊斯兰教，自学了两年之后才自行决定入教的。这个只有17岁的小伙子，可不是闹着玩的。穆斯塔法说，有一次在深圳的新疆餐厅吃到了羊肉串、烤馕和拉条子，他觉得好吃极了，后来多次在附近搜罗品尝。在香港的重庆大厦，他更加有味地饕餮了来自南亚的各色食品，馋嘴的小伙子认识了餐厅老板和他们的兄弟姐妹，一起参加活动。从小一个人长大，在家里也是孤孤单单的穆斯塔法，在和这些与他肤色不同，却能用广东话交流的朋友们在一起，他找到了快乐，也找到了自己的存在。于是就有了深入的认识和了解，最后他坚决地选择了信仰。他说，坦白讲，我还无法感知安拉的存在和伟大，我感受到了穆斯林兄弟姐妹之间的热情、坦诚和亲密无间。他不再孤单了，喜欢这个群体。

穆斯塔法和我约定在车站4号门口见面。时间差不多了，我们如约相见，一起前往湾仔。从大学站到红磡，然后A出口出去，对面是理工大学，天桥的第一个出口下去坐上111路或者101路巴士，过海就到了港岛，第一站在丽景酒店，穿过酒店的停车场，旁边就能看到香港爱群道清真寺门口的幼儿园和高高矗立的月牙。

穆斯塔法对这里的路线了如指掌，带着我走了几个快捷方式，在没有开始之前，就已经洗漱完，静静地坐在椅子上等待皈依仪式的开始。

那天来的人比较多，很多是来自印度尼西亚和菲律宾的穆斯林女性，他们大多数都是在香港人的家里做佣人。据旁边的一位朋友说，今天皈依的女孩都是菲律宾人。她们以前信仰天主教、佛教和基督教，不知道什么原因，他们强烈要求皈依，而且已经经得家里人的同意。另外两位，一位是香港本地的青年小伙子，一位是加拿大人。

皈依那天，人太多也不便多与女孩子交流。她们为什么选择皈依我没有机会去详细了解。仪式结束后，她们就开心地回家去了。而我却在此时贴近地认识了一位兄弟，他刚刚得到的名字是苏莱曼。至于他的中文名字，至今我也不知道。

其实在水房洗漱时，我已经看到他了，当时是一位巴基斯坦老人在检查他是否真的会洗乌苏里，苏莱曼一副认真的样子，可能来自于老人的严肃和威慑，当时不知道情况，只觉得虔敬的老人抱着负责任的态度在做事。而苏莱曼又似乎要证明什么，旁边还有两个青年和几个小朋友。

等皈依仪式开始时，我才知道，楼下水房碰到的小伙子，就是今天皈依的主角之一。皈依？很多人都会稀奇地说，当回回要涮肠子，洗肚子什么的，其实根本没有。几位阿訇和亲友以及对皈依仪式比较感兴趣的人坐在后面，前面放一把椅子，一个个按顺序来。

菲律宾女孩可能早就准备好了，坐在椅子跟前，阿訇说了名字，然后让女孩念清真言，然后再向在座的各位说一声色俩目，阿訇把准备好的礼物比如《古兰经》、礼拜毯什么的，交给女孩，仪式就完成了，一个其他或者没有信仰的女孩就算进入了伊斯兰教，成了穆斯林中的一份子。

轮到苏莱曼，他可能练习得少了一些，也可能有些激动或者紧张，阿訇让他说名字，他清清楚楚地说出来，自己的名字是老人给取的，叫苏莱曼。阿訇让他念清真言，他舌头显得有些大，转不过弯似的，把下面几个小朋友都着急地大声念了起来。完成仪式，拿上礼物。

下午的礼拜结束了，他一个人还坐在大殿的一个角落，我走到跟前，他伸出手，寒暄一下，一起席地而坐，彼此留个电话，希望将来多联络。苏莱曼显得特别客气，他说现在都是穆斯林兄弟姐妹，不要客气。

大概过了一个多月，一个下午，我接到苏莱曼的电话。他那边显得有些沉稳，兴许他已经想好了，知道我会答应。他说自己马上要结婚了，希望我能给他当证婚人。我当然愿意，不过他没有说找的是谁，为什么要让我去。后来我才知道，苏莱曼从小就和奶奶过，家里没有什么亲人，也认识不多几个穆斯林，所以他想起了我，而且我能用英语和人交流。

见到他时，苏莱曼一身西装革履，因为要探亲，商量结婚的事情，自然要正式一些。他见我从地铁口出来，先带我去看了看他的房间，然后他给我一五一十地讲述了他的故事。

苏莱曼是香港本地人，他从小没有见过父母，是奶奶养大的。完成大学教育后，他在网络公司工作，在一次偶然的机会，认识了一位香港巴基斯坦女孩。他们从陌生到交往，慢慢熟悉，他深深地爱上了这个巴基斯坦女孩。在香港，女孩结婚是比较不容易的事情，何况有着早婚习惯的印巴文化。所以，女儿到了一定年龄，巴基斯坦老人自然也是比较着急的。

他们相爱之后，这个女孩就一个要求，我的婚姻，没有父母的口唤（同意）是不行的。她的父母没有别的要求，只希望女儿找个穆斯林。她问他，你愿意为我皈依吗？那时的苏莱曼还真不知道该做何选择。他没有信誓旦旦地答应，他说让他先了解一下，然后做决定。女孩有些失望，但是她也没有撒娇或者用哭哭啼啼的方式去要求什么，她知道，她别无选择。为了爱情，不能背离父母和家庭，为了父母，她却也舍不得这个懂事善良上进的香港小伙。

苏莱曼开始慢慢接触清真寺，穆斯林朋友，开始读《古兰经》和一些介绍伊斯兰教的书。他发现书中阅读到的和他在电视上看到的完全不一样。在日常交往中，他的确碰到了和所谓恐怖分子一样装束的人，但是这些和蔼善良的人，根本无法拿他们与那些“恐怖分子”相比。苏莱曼一边研读一边和巴基斯坦女孩交流着自己的看法。

有一天苏莱曼说，现在我已经学会了说色俩目，也会念清真言啦。我想去看看你的父母和家人。女孩欣喜若狂，她知道苏莱曼已经掌握了基本的伊斯兰教常识，一个为了她而如此卖力学习的人，不是因为爱她，他会这么做吗？不过她还是心惊肉跳地先给母亲说出自己找到对象的事情。

母亲知道女儿有了男朋友自然很高兴。当她说是一位香港人，不是穆斯林时，母亲的脸凉了，不客气地说，你有本事给你父亲去说，我没有这个胆量。女孩还想求母亲，但是她又担心惹得母亲不开心。她壮着胆子跪在父亲的脚下如实说了自己的婚姻大事。还没有说完，老人一脸白色的胡须随着脸上肌肉的痉挛而跳动，头上也起了一股青筋，她吓坏了，低着头，走也不是，坐也不是。

老人手颤抖地举起来，慢慢放下来抚摸着女儿的头说，孩子，婚姻大事，我们给你做主，不过还是要你自己选择。我不想让你找不到对象嫁不出去，也不想让你嫁给我不放心的人啊。他说着老泪纵横。女儿见父亲有个松口，壮着胆子说了这个香港人有意入教跟随她的做法。随后苏莱曼的行为着实让她的父母放心啦。他的认真、善良和沉着，使她们一家人都喜欢上了这个不是同类，曾也让他们不愿接近的香港人。就这样，苏莱曼为了她，选择了跟随。

皈依前，那个帮他洗漱的人，不是别人，就是他严肃的老丈人。提亲念尼卡哈的那天，我们一同前往家里。巴基斯坦人也注重兄弟姐妹及亲属关系。我们刚到，家里已经挤满了周围邻居和各路亲戚朋友，他们是来一起见证他们的婚礼中的尼卡哈。

爱群道清真寺的杨阿訇详细询问了父母及他们两个人的想法和决定，最后给他们念了尼卡哈。我看到一家人的眼泪，而不是哈哈大笑的样子。本以为那是一种不愿意，或者不情愿，其实是一种难舍。一个从小养这么大的女儿就这么要走了，做父母的，做哥哥弟弟的，自然都舍不得。阿訇念着一句句证词，苏莱曼跟着念出来，女孩的父亲一句句地听着，眼泪掉在胡须上，抖落掉，又流下来。在每一句证词中，老人有力地抬一下手，似乎要拦挡，又要撑开鼓励，我知道作为父亲，那是一种难以自控的行为。

尼卡哈结束了，桌子上端上来各式甜点和奶茶。老人给阿訇和在座的亲戚捡着吃的，自己却干瘪着嘴唇，难以下咽。老人这时还拿出《古兰经》，对彩礼和男方的义务进行了说明，他接着说，那些我都不要，只要你能对我女儿好，其他什么都不要。苏莱曼默默地点着头，也是很坚决的样子，不过没有机灵地口若悬河地去承诺。他更为凝重地听着老人的安排。

该走了，新娘子已经打扮完毕穿着一新。母亲已经哭成泪人躲在厨房不敢见人，一个姐姐眼泪汪汪地扶着妹妹，新娘子一身巴基斯坦新娘子的着装，红色配大花。她的两个哥哥抹完眼泪，鼓着劲儿把我们送到楼梯口，却不见她的父亲。

我带着新郎官和新娘子上了车，这时我看到了老人，他急匆匆地从某个角落走出来，挡在车的前面。我赶紧下车。他说等一下。只见他泪眼汪汪地说，还有一个讨白没有念。他举起双手，面朝西，嘴里念念有词，眼泪伴着双手颤抖地流着。我想扶一下他，又担心会破坏了他的某种感觉。苏莱曼从车上下来，默默地站在老人的身后。老人念完，双手在脸上抹了一下。我知道，他是在擦拭眼泪，也是在完成一个祈祷的最后环节。苏莱曼从后面握住老人的手，嘴唇颤抖着说，相信我，不会让您失望，我一定照顾好她。

老人没有说话，看着我，一个赶紧走的手势。这个手势一出来，车内的新娘哭声更大了，不是表演，也可能是一种需要，出嫁的女儿不哭怎么行？在这种混合的气氛下，说什么都是多余的。

时间过得很快，苏莱曼和巴基斯坦媳妇的孩子已经三岁了，他从一个香港本地人，因为爱情皈依伊斯兰教，也因为皈依让他不仅找到了爱情，组建了家庭，有了子嗣，还有了一个幸福的生活状态。苏莱曼说，人还能怎么样？感谢安拉乎给我的一切，我知足了。

有一次看着他带着儿子从路边走过来，他说自己从过去只有奶奶一个人相依为命的日子走出来了，不仅有了兄弟姐妹，还有了现在这么乖巧的儿子，他最为开心的是，他有了坚实的信仰。他找到了一种更加真实的依靠。

我看着他，不由地想，人活着，就是这样。我们同一天过着同样的24小时，有些是富足饱满的，有些是空缺稀落的，生命就是这样，生活看自己如何去选择了。

（载于《回族文学》，2013年第三期）

清明见闻

在湾仔，要去跑马地的坟场，得经过锡克教的庙厅。锡克教的庙厅，白色圆顶，四周插着姜黄色旗帜，而背靠的就是坟场。站在路边，透过庙厅，就能看到对面山上密密麻麻竖起的墓碑。路人一般都会把锡克教的庙厅当作是伊斯兰教的清真寺，甚至把锡克教信徒留着长髯，头戴各色围巾，也与中东或南亚穆斯林相联系，其实这些人，和他们所信奉的宗教一样，都是来自印度南部。

本来想直接去坟地的，朋友听我讲了锡克教的基本情况，他有了兴趣，一定要求我带他进去看看。按照锡克教的习俗，进门在台阶上摸一下，微微低头，沿着天桥走进去，脱掉鞋子，换上头巾，步入大厅。大厅中间的台子上放着锡克教经典，朋友问我中间是不是像在中国西北见到的坟墓，上面盖着绸缎毯子。庙厅解说立刻纠正说，只是经典，绝无人在下面。我们说明来意，接待人员显得极为客气，先给我们端上两杯印度特色奶茶，然后送上介绍锡克教的资料，之后引我们去看了大小两个庙厅，楼上是语言培训班、音乐教习班，楼下是幼儿园等等，然后介绍锡克教的“共产特征”，免费送上印度风味的素餐，有咖喱菜花、扁豆粥、酸菜、酸奶和手抓饭等，再配上几个小麦大饼，虽然没有去印度，却真实地享受了印度人的佳美食品。

彼此互赠礼品之后，相互道别，我们径直前往坟地。天主教和伊斯兰教的坟地相连。“回教坟场”几个字拐过马路之后就看到了，拱形门口停着几辆轿车。穆斯林是不注重清明节的祭拜的，所以清明节扫墓现象不多，而在对面的天主教坟场，则显得有些拥挤。

沿着马路走上去，也遇到几位手拿鲜花前来探望先人的，本以为他们是穆斯林，交流一下才知道，他们不是，只是在这一天想来看看朋友。遇到一对夫妻，丈夫是穆斯林，妻子是天主教徒，两个人刚去完对面坟地，现在一起去看看穆斯林丈夫的老人，顺便给送朵花。问起他们会不会在坟头念几句，他们摆摆手说，不会念，就来送朵花，表达一下心意。内地或者说西北回回上坟时一定要念点什么，文化多样呈现，无需谈对错，能来坟头看看老人和朋友，也是一种交情，无论对活着的人，还是对亡人，都是一种安慰吧。

沿着坟地的路走过去，突然有些感慨。是啊，人都要来坟地，有些人从来没有走进来过，最后被抬着进来，自己没有一点知觉。有些人来过数次，最后还是要被抬着进来。

走上台阶，看到有些墓碑上有阿拉伯文和中文，上面写着某某人的生卒和立碑之人的名字，有些是用英文和阿拉伯文写的，人出生在一个地方，应该不会料到自己有一天会被埋在这里，而且身边躺着的人，自己或许认识，或许不认识，来自哪里也是不得而知。有些墓碑大方，有些只是留着一个碑角，证明有人在此睡土。人啊，活着的时候，各种各样，生命结束了，换成一个墓碑，一块坟地。或许有些人现在还被不断提起，而有些人已经无影无踪。生命就是这样，活着的时候，各种各样的呈现，走了，留下的也是不同的印迹。有些人可能留下的只是一些记忆，而另外一些人可能因为文字或者什么，而一直活下来。这个活字，当然也是象征性的。

三个孩子陪着一位老人，把一束花放在一个坟头，我好奇地问其中一位，他说都不是穆斯林，只是觉得这天应该来献上一束花，算是给自己的一个安慰，对老人的一个孝心。走了的人，应该不会感觉到这些，人活着的时候，做很多事情，还是为了给活着的人一个交待。送上一束花也是一样，路过的人会觉得这个人还在被纪念，说明这个人有根，或者说这个人是幸福的。可能还是给活着的人一些想法，这些人不错，还记着他们逝去的人。

有意思的是，看墓碑上的文字，某某于某年去世，立碑的人为某某，下面当时埋下的尸骨不知道还有没有，可能已经风化了，干枯了，但是墓碑还在那里，就是一个标志。

穆斯林是不这样做的，但是有些人选择这么做，在我看来，也是寄托思念或者搭救的一种方式，无可厚非。

我的一个朋友几个月前去世了。活着的时候，好多次和我一起来坟地，觉得自己离这儿还有些时日，没有料到的是，查出来癌症就三个月，人已经被安排在这里躺下了，新立的墓碑，留给我一些对他的记忆。和他一起去过的咖啡店，聊过的话，一起走过的路，是啊，现在都成了我一个人的记忆。

从墓地出来，看到对面天主教的坟地，还有很多人来来去去，捧着鲜花，默默站在坟前，墓碑上有逝者的照片，有些墓碑前摆着很多花，有些没有。人啊，就是这么一回事。

走出墓地，想起自己把刚刚买的衣服忘在服装店了，店主一定也在等我去拿，如果真的没有再回去，店主会不会以为我的离开，或者我的忘性，他会不会放很久等我去拿？想起我的朋友在活着的时候，喜欢穿精致的衣服，每次去都是试穿，点样，最后花一把买几件，现在可能只是家里衣柜的填充了，人都已经走了。

路边的行人还是来来去去，有一个小年轻说的话有些意思，今天放假，不来转转，在家里也没有事可做。那来到墓地，也是给自己打发时间。活着的时候，自知时间充裕，其实走了，时间还是没有变，只是自己可以支配的时间没有了。

清明节去坟地

清明节的假期还是在接受和休息，就像在宁夏古尔邦节和开斋节放假一样，回族接受这样的节日，却很少有利用清明节去扫墓上坟的。回汉两族这么多年，在彼此的认同与互动中形成了互借且又互相区别。有些内容的确是为了区分而专门加强，有些则是为了相同而有意摒弃。上坟的行为，在伊斯兰国家也不多见。跪在坟头，念几段《古兰经》，算是对亡者的一种纪念，这种本土化的行为，多少是一种适应。但是上坟走坟的行为，还真有着地方性特点。内地其他地方我不敢妄言，但是西北地区的确是在接受中区别，区别中容纳。清明节是上坟扫墓的日子，回族却并不会在这一天去，而是选择在亡者去世的日子上坟，家里还专门做一些纪念亡者的活动。虽然不去祭祀，生活在华夏传统中的回回人还是知道“清明前后，种瓜点豆”，知道这是春播耕种的日子。二十四节气的接受和适应，与宗教仪式中的认同则完全有着不同的表述。内地大概是这个样子。可能我也是习惯了这种文化，在香港遇到这样的日子，反而因为陌生，多了一些疑虑和不安。

香港本地穆斯林的确有纪念亡人宰牲开经的习惯。快的节奏，炎热的天气和人与人之间的距离，使很多家庭都不会专门在家里宰牲纪念，他们遇到纪念日，早早和社区服务联系好，也跟五楼的清真餐厅联络好，请上阿訇，在六楼开经，然后邀请参与者在五楼聚餐。这是平常纪念亡人的方式。有些为了更加体现亡人活着时的慈善之心，他们会延续前辈的做法，比如在某个地方施散一些钱，既做到纪念，又实现慈善。我在香港时，有几家人联系我在内地宰牲，开经之后，把钱尽数施舍出去。减少麻烦，反而能够救济人。

清明节到了，朋友——香港穆斯林来电话问我是否一起去，我有些惊讶地问，你们也去扫墓吗？他说是啊，人家都去了，我们总不能把先人留在那里不管吧。我带着去观察学习的目的去了。去了之后我才明白，一个多元社会中，一个群体的适应与多样性的存在，使他们真正能够实现落脚安心与继续生活。

我们一起到了跑马地坟场，路边做生意的人已经把一束束鲜花摆放在桌子上，我有些纳闷。因为我过去生活的地方，穆斯林上坟是不会带着鲜花去的。家乡穆斯林上坟的方式是带着《古兰经》，跪在坟头念几段，然后举意赞念等。难道？我没有把自己的想法说出来，我想再观察观察。前往坟地的人络绎不绝，同行的朋友也去买了几束花。有些人进入坟场时，已经准备好了鲜花，有的还提着果篮。我先前的疑虑已经打消了。

清明节不像我在家乡紧缩的看法，清明节只是汉族的节日。家乡回族为了取得一定的认同，往往会拿一些节日的差异来实现。所以，当言及香港穆斯林清明节上坟时，我还有些匪夷所思。经过坟场的大门，见到人们拿着鲜花前往坟地的情形，反而增加了我更多了解的兴趣。

我们沿着台阶走上去，有一对夫妻已经走了下来，我们互相打了个招呼，我问他为什么还捧着鲜花？他说自己父母这边已经献了花，现在要去旁边天主教的坟地献花给太太的父母。我们互相拜拜手作别。夫妻俩互相搀扶着，稳步往下走。看着他们的背影，我想起异族通婚的事情，宗教和民族都是一种附着，作为个体的人，他们生活在自由并无他人干涉的家庭与婚姻下，即使各为伊斯兰教和天主教，他们还是和谐地一起走过来，活着为了自己，去不同的坟地尽点孝心，给自己心里一些慰籍，也是不错的。朋友说，这样的组合，在香港不少。我们这些外来人觉得难得，香港人已经习以为常了。

我们顺着台阶往里面走，看到一个坟墓上摆着一点奇怪的东西，我当时惊讶地要大叫了，拉着他的手说，真主啊，这是什么啊，哎呀呀呀……墓碑前面摆放着几盘水果，中间放着一杯酒，旁边还插着一根烟。墓碑上明显是穆斯林的，用阿拉伯文和繁体中文写着。我的朋友拉着我的手说，你啊，还是要接受这些的，来了总比不来好。他们能够记着先人，来给先人上坟已经不容易了。他们用什么方式，我们还是不能阻挡的，各有各的表达方式。父母活着的时候，可能是穆斯林，但是他们的孩子有了新的选择。他选择的文化样式是佛教的，或者中国民间信仰的方式，他在扫墓时，自然要用适合自己或者自己熟悉的方式。朋友指着墓碑上的名字说，这个人他认识，孩子后来再没有信仰伊斯兰教。这种现象算是走出去了。我想拍个照片，朋友阻挡我说，还是不要散播好，这本身不是什么光彩的事情，再让别人看到不好。我把相机装起来问他，那该怎么办呢？他捋了捋胡须说，你知道吗，人啊，都是来来去去的。来了欢迎，走了也要顺其自然，不能强迫或者说三道四，接受和理解最重要。有时候有人皈依，我们大呼感赞；有人放弃，我们却恨之入骨，这些做法都是不可取的。自己保育好，同时竭尽全力地去规劝，尽量帮助已经在里面的人少放弃，还没有进来的人走进来。

继续往前走，有些坟头放着鲜花，有些明显被人打扫过，可能这就是实实在在的扫墓了。四周清扫干净，除去坟头的杂草，然后扶着墓碑再说几句话。我想，如果再会念几段《古兰经》，大声地念出来，让亡者在地下也享受一下滋润的感觉。一家四口人，可能是父母带着儿女。他们在一座新坟前面坐着吃东西。坟前摆放着一些吃的。父亲手里拿着《古兰经》，放在坟头，然后对儿女说着什么。见我的朋友过来，他站起来用港式色俩目问候了一下，两人寒暄几句，那人摇摇头拜拜手说没有办法，现在都不会念了，只好坐在身边说几句话，让老人知道他们都好着。把《古兰经》拿过来放一会儿也是一种寄托吧。朋友问为什么没有请阿訇来帮忙。他说阿訇忙，没有请到。儿女都在国外读书，这次清明节专门来看望去世的爷爷，他们都没有见过爷爷就走了。儿女要起来给爷爷鞠躬，朋友马上阻挡说，还是不要祭拜，穆斯林不能接受叩头祭拜，穆斯林只拜真主。两个人看着父亲表态。父亲说握着双手放到胸前默默给爷爷说几句话吧。

前面台阶上也有人影晃动，不断有人上来为先人扫墓。我这时才有些适应了。是啊，清明节的扫墓，的确是一种文化适应的结果。认同分为两种类型，一种是接受的自我调适，一种是排斥的自我改变。家乡回族穆斯林为了表现出与汉族的不一样，有意避开节日而强调自己的几个节日，因为回汉的相似性太多，必须通过这些零碎的不一样来彰显自我。当然主动的适应也是不可避免的，譬如对二十四节气的掌握，为的就是农耕生活的需要。一年几个假日的选择，也是一种休息或者找个回家探望双亲的机会。香港本地穆斯林同样经历过这样的过程，最初一定是强调自己的节日而有意淡化统一的方式，但是随着时间的推移，特别是日常生活中飞快的节奏，使香港本地穆斯林不得不去调适，从而寻求一种共同性的适应。譬如对于节假日的适应。本来他们一定是在亲人去世的日子去上坟，或者选择星期五礼拜结束后去上坟，但是公司事务的繁忙和平日时间的紧张，使他们无暇调整时间，最后他们渐渐去适应。这好比有些人对于信仰的实践。他们也是一步步地去妥协去接受去适应，最终保留意识而在仪式上有些欠缺。清明节是一个比较典型的例子。香港本地穆斯林的坟场，按照常识，应该是在星期五或者去世的日子，或者是在古尔邦节和开斋节前往坟场上坟。在内地如果在清明节这天去坟地上坟，回族人肯定也不太接受，其实说白了也是一种仪式过程，不过在强调区分和差异的这样的认同过程中，有意强调差异性的群体如果去接受并借此上坟，接受的可能性比较小。香港本地穆斯林不仅接受了，而且也选择了适应，适应这个日子扫墓，也适应了不同的上坟方式。上坟除了走到墓地诵念《古兰经》和赞主赞圣之外，还有像一位香港穆斯林说的，他什么都不会念，到了坟地，跪在父母坟前默默地呆一会儿也感觉是一种上坟。还在坚持伊斯兰教信仰的人，有的会请阿訇来帮忙，有的干脆自己念几句，另外受本土文化再加一点英国文化的影响，上坟除了诵念还有扫墓和献花等。选择了其他信仰的人，为了纪念父母先辈，他们已经适应了自己的方式，自然会觉得这样的方式才能够带父母走出牢狱而登上天堂。

我们继续往前走，华人社会留下的习惯在一个比较有钱亡者的后代这里显示出来，儿孙后代为了显示自己的孝心，同时也是为了自己的面子，把父母的坟墓收拾的极为别致，四周围住，中间放一些沙粒，再种一圈花，中间再摆上鲜花、香炉等，墓碑上顶部用阿拉伯文书写着一段话，下面是中文繁体写着亡者生卒及后代立碑记录等。这些本在穆斯林社会不见的文化现象，当东方遇到伊斯兰时，两种文化的互相溶解形成了这样一组有特色的文化表达。穆斯林能接受，非穆斯林也能接受。这家香港本地穆斯林的后代究竟在实践着怎样的宗教姑且不知，但是他们在墓碑上彰显的两种文化特点足以证明他们对这两种文化的理解、接受和实践。再往前走几步，一位中年人把一瓶价格不菲的白酒倒在坟墓的四周，然后双手合十拜了拜，点起一根烟，边抽边嘟囔着什么，朋友捏了捏我的衣襟说，别说话继续往前走。我这次有些惊讶了。他说还是别少见多怪。他知道背景。这个人的确是穆斯林，但是活着的时候，在香港这个地方，混过黑社会，不过人内心还是很虔诚，给穆斯林帮过很多忙，但是走进去了，很难出来。现在儿孙后代知道亡者的喜好，这些孩子基本上都没有教门了，留下的只有孝心。清明节来一趟表达一下自己的孝心，也不错了，还能怎么办？我说这不符合伊斯兰教法，他说对不信仰者来说，谈教法是没有意义的，你如果上前阻拦，他还说你的不是。顺其自然吧，别想那么多了。我还想争辩什么，他说什么现象都有，只要我们把心胸打开，接受还是可以的。他说了前些日子一位穆斯林妇女去世，女儿带着几个尼姑来做法的事情。她们认为这是女儿表达孝心的方式。一个老人活着的时候虔诚敬意，去世了，孩子却用基督教的仪式给埋葬了。一位老人去世，子女见要花钱十万港币买墓地，干脆来一个火葬。

老人说着这些，我相信很多人一定是瞠目结舌的，不过现实就是这样，无论如何还得接受，香港在后现代社会的过程中，经历了这些变化，留下这样一个结果。中国大陆在慢慢往前走，也在经历或者部分经历着这些。在山顶上，我们看到对面的天主教坟地也是人来人往，今天是传统中国文化的清明节，信仰了天主教的华人也在适应中接受，相信天主教也没有扫墓这一说，但是香港人也在这一天，用这个日子，不过还是有着不同的方式来表达对前辈亡人的纪念。我们正看着前方，有一位巴基斯坦的年轻阿訇带着几个华人穆斯林过来，他是被邀请来上坟的，他们的做法与我家乡的基本一致，让我突然有了时空错位的感觉。他们围着坟墓大声地诵念着《古兰经》，咏调、仪式过程都很接近，尔后一起举起双手做个祈祷（杜瓦），请他来的人默默地把一卷钱递给他。他也不看，接了之后，举起手再做个祈祷，算是完成了。请的人说，他们都不会念，但是他们对待宗教很认真的，爸爸生前虔诚，他们做儿女的尽点孝心，愿爸爸在天堂安心。选择清明节是因为平时都忙着各自的事情，这天放假就来了，相信爸爸能够接受和理解。我们握手言别，阿訇也是微微一笑，我明白他微笑的意思，对于宗教知识掌握的不够，没有办法来实践，只好请人来完成，可能在印巴文化中比较少见，他们能够接受这种邀请，也是一种适应。

从山顶上往下看，对面是天主教坟场。脚下一个个台阶下去，都是穆斯林的坟地。他们自1840年开始，从世界各地游走到这里，他们也没有想到会在哪里睡土，结果就在这里没有了性命，身边的人也就顺从主意，埋葬在这里。几座坟墓在一起，有的上面是纯英文的雕刻，唯有墓碑上的几句太思米能够证明这是穆斯林的坟墓。旁边是一位阿拉伯文和英文并存的，我仔细阅读了一下，这是一位印度穆斯林的墓碑，还有马来西亚穆斯林的……不知道他们各自从哪里出生，去过哪些地方，临结束的时候，却在香港，而且也没有想到，邻居会是来自世界各地的人。朋友感叹说，人啊，一辈子走来转去的，最后在哪里谁都不知道。你看看这漫山遍野的墓碑，如果仔细数数，一定也是一个世界各地的人的大聚会。我忍俊不禁地说，呵呵，是啊。香港这个地方本来就是一个大都会，活着的人，亡去的人，都一样。

我们走下去，来来去去的人还是络绎不绝，亡去的人安静地躺在下面，上面活着的人为了自己，也为了亡人，我想更多还是为了自己，用不同的方式表达着哀思和纪念。

田野纪实：香港穆斯林的葬礼

早晨阿里丁来电话，说今天有个葬礼，问我们是否有时间过去参加。经与陈老师商量，决定一起去。从大学到湾仔清真寺需要近一个小时，所以我们就提前动身了，从大学站坐火车，到红磡，再转101路公交车，穿过海底隧道，到丽景酒店下车，然后穿过一停车场就到了。按照计划，我们先与王阿訇见面，再和他一起去跑马地坟地参加葬礼。

一个过程的记述

说来也巧，到五楼刚出电梯，阿里丁正在楼梯口与人交谈。我们便走上前去，彼此介绍之后，在餐厅靠窗户的桌旁坐下，陈老师、阿里丁俩人如见故交似的交谈起来。因为都有彼此熟悉的人，两人谈到兴奋处互相握手、击掌，甚是快乐。阿里丁虽然已愈耄耋之年，但是还是眼睛明亮，头脑清醒，过去的事情，还是历历在目，每每谈及，如数家珍，闻者多是惊叹不已，不仅仅因为他的能说会道，更多还是他的确非同一般的交往历史。特别在他们提到马来西亚开国元勋时，阿里丁先生拿出一张他与马来西亚首位总理的合影，似乎一下子提升了他的社会价值，再后还提到阿里丁在印尼、马来西亚以及东南亚诸地的活动情况，更是增加了他们的共同话语。因为谈话时的共同内容较多，时间似乎也随之流走的快了。语言是个奇妙的东西，经历也是极具魅力的一种记忆。阿里丁把记忆深处学过的几句话挖掘出来，例如马来语中的“是不是清真食品”的问法，使两个人开怀大笑。阿里丁还有更绝美的，他随身带着的几个影集和一些介绍材料，非常珍贵。当然其中也凸现了他工作过程中的任劳任怨，不辞辛苦。虽说是初次见面，要不是王阿訇来催促，他们一定会一直谈下去。在前往跑马地坟场的路上，他们还在交换着他们共同的话语。

王阿訇还是像过去一样那么热情，见有朋友来访，都会毫不遮拦地把自己的想法和客观情况表达出来，可能也是穆斯林阿訇角色的习惯和本职工作的一部分，他与陈老师关于马来西亚华人的认同问题也做了一些讨论，基本上还是没有脱离认同与族群性问题。如马来西亚华人皈依问题等。

从湾仔清真寺走出来，沿着右手的路走上去，穿过一个小十字路口，远远看见锡克教的庙宇，白色尖顶建筑矗立在高楼大厦与坟场之间。大楼侧面则悬挂着一个大大的女人图像，不知道是在为什么商品做广告，总之看上去还是有些不雅。不由想起今生、前世的问题。香港这个地方，如果真认真地看不同文化的接触，还真有些值得玩味的地方。

阿訇的步子较快，等我们赶到坟场送葬大厅，阿訇已经站在前面开讲了。因职业要求，每每遇到葬礼，都会有不同的人，有些信仰虔诚，也有些信而不尊，有些干脆不信教，阿訇会乘机把该讲的内容讲一遍，多数都会说信仰的好处、安拉的回赐等，然后再说说人一辈子快速走完，只有走进伊斯兰之道，才会获得两世吉庆。

演讲完毕，阿訇又交代了一些葬礼时“者那孜”的做法，然后葬礼算是正式开始了。

葬礼过程

跑马地的坟场是一个多宗教并葬之地，整座山上竖立着各种各样的墓塚，受不同宗教、不同文化的影响，在墓碑上也留下了厚重的文化之影。穆斯林的坟墓多在山坡之上，鳞次栉比。葬礼的大厅在山脚下，门牌上醒目地写着“Muslim Cemetery”。整个大厅呈狭长方形，前厅开着一个小道，数个台阶延伸到山顶，后面是几间房子，专门用于守坟人居住和清洗尸体。一般在仪式举行之前，亡人都会安防在最前面的房间里。亡人用几尺白布包裹，清洗过后是不能再露面的，所以常常两头都用细绳绑住，放在一个用竹子编织而成的长方形架子上，上面再盖上烫金阿拉伯文的绿色毯子。

刚到大厅门口，见几位亲属立在门口，神色肃穆地向前来送葬的人致谢，握手，道色俩目。今天去世的人是为年过八旬的老太太。老太太姓什名谁因为这个悲伤场合不便询问。刚进门口站着一位40岁左右的妇女，身着黑色葬礼服，头戴深色围巾，一看就知道她是非穆斯林，因为穆斯林的葬礼是不需要专门穿某种颜色的服装，来者只要洗个小净，衣着干净便可。我走近她询问亡人的情况，她说，这位是她的表姑，属于马来西亚印度人与香港本地人的后裔，一生未婚，与妹妹相依为命，别无其他亲属。她旁边的轮椅上坐着亡人的妹妹，泪眼汪汪地看着送葬的人。据说，轮椅妇女年龄稍小几岁，但是身体不好，而姐姐呢，身板硬朗，一直照顾她。前些天忙于家务，不小心摔了一跤，一病不起，没拖多久，就走了。姐妹两个因为宗教信仰，都是难觅心上人而终生未嫁。

对亡人的情况稍有了解之后，我举步走进大厅。大厅前面王阿訇正在宣讲，旁边的长凳上坐着几位穆斯林老人。这些人都是我在清真寺常常见到的那几位。后面则是几位女性，可能生前都有来往，听说姐妹归真，她们也就放下各种杂物，为姐妹送行。据一位女性讲，这位亡人生前也是虔诚的穆斯林，她们有近40年的交情。过去她们的聚会都是在周末的清真寺里举行。大家情同手足，一起学习《古兰经》，做礼拜等，没想到人好好的，就几天没见，就走了。亡人性格开朗，对于宗教事务很积极主动，待人平和，是大家的好姐妹。

王阿訇讲完之后，宣布送葬的“者那孜”开始。几位身着蓝色长衫，头戴白色圆顶帽子，留着胡须，四十多岁的巴基斯坦人，一人负责一个角，把亡人抬出来，放在王阿訇前面。因为亡人本身没有婚姻，也就没有太多的家人，所以这次葬礼基本上都是社区里的一些人自愿前来，当然也有些姐妹是身负怀念与不忍，前来送葬。可能这也是穆斯林葬礼的一个特点，凡遇亡人之事，都会有穆斯林自觉前来送行。今天来了差不多五十人，男性一字排开，肩并肩站了三排，女性在稍微有点距离以区别男女之别的地方并排站在一起，当然还有非穆斯林朋友立在门口观望。阿訇大声宣读葬礼礼拜的方法和内容。然后念三声“安拉至大”，出色俩目，一场葬礼算是完成了一半工作。众人重新走上前去，握住亡人妹妹的手，说几句安慰的话。老人这时已经泪流满面，泣不成声。旁边有几个姐妹负责派发礼品。礼品是一个鲜橙加一块糖。后来听阿里丁说，这些都不是穆斯林仪式所应该有的，是当地风俗。

今天来的人多数是香港马来西亚人。怎么讲呢？因为这位逝者是马来西亚后裔。当年英国殖民期间，有很多马来西亚人来港服务，后来留了下来。他们彼此依然用马来语交流，当然也讲流利的广东话，英语交流也没有问题。

香港的坟地如果用个比喻的话，应该是“僧多粥少”。跑马地就这么大一块儿地，人亡故后都往这儿送，而地皮并没有随之延伸。当然，过去埋葬在这里的人也不会因为时日一久而被抛出来扔掉，尽管有些坟墓已经墓塚都不见了，墓碑也只留下简简单单的一块石桩，上面留下的字迹也是年久失修而难以辨认，甚至可以推测，下面的尸骨也可能荡然无存，但是毕竟那是属于他的一块地。所以，经过数世纪的变化，不知道从何地而生的人，谁也未曾预料，最后会尸落此地，而且旁边还睡着几个未曾谋面的人。不过这些想多了也没有多大用处，反正地就是那么多。这好像与奇缺商品一样，随着时间的变化而有新的特点。上次送葬，据说是数年前买的，仅仅花了500港币，现在物价飞涨，跑马地一块睡土之地要十万块，诙谐一点说，人有时候死都死不起。

因为老太太是一辈子孤苦伶仃，没有寻找伴侣，也没有留下子嗣，自己的一点积蓄可能还得留下为妹妹的后半生打点，所以，亡人还是被送往穆斯林更大一点的坟场柴湾。柴湾的坟地价格是一块坟地三万块。葬礼结束，那几个身强力壮的人，把亡人抬上专门运输亡者的车上。以前都会有人专门雇车过来，带上前来送葬的人一起去坟地，最后送别。这次这道程序省略了，我们原先打算去坟地看看下葬的仪式没有完成。

走出送葬大厅，转身再看，刚刚还拥挤的大厅顿时空了，留下亡人的妹妹一个人孤零零地坐在轮椅上，若有所思地擦拭着尚未流干的眼泪，突然感觉内心蒙蒙的，不知道在姐姐走了之后，无数个孤独的夜，在习惯了和姐姐在一起后，她又该如何去接受呢？人，都要走这条路。诚如老师所言，在这条路还没有到尽头时，好好活着，活着真好。

敬老会

世界上许多文明其内容都有重合、相似之处，譬如“尊老爱人”美德，在中华文明中，一脉相承，代代盛行。孔子对大同世界的想像是：人不独亲其亲、不独子其子，使老有所终、壮有所用、幼有所长、矜寡孤独废疾者皆有所养（《礼运·大同篇》）。其中的“老有所终”说的就是源远流长的华夏美德中的“尊老敬老”。孟子倡导“老吾老以及人之老，幼吾幼以及人之幼”（《孟子·梁惠王上》）。他说，我们在传递尊老敬老这一美德时，还不能仅仅“独善其身”，还要关爱他人。体恤老人，既要照顾好自己的父母长辈，又要照顾其他老人，这样无疑为孔孟之道添加了新的元素，把中华传统美德中利他与忘我提升到了一个新的高度。

当然，倡导尊老敬老品质并非华夏文化之专利，在人类文明的大河中，伊斯兰文明也特别提倡“尊爱老人”。先知穆罕默德（愿主饶恕赐福）说：“谁不仁爱他人，他也得不到仁爱。”（布哈里、穆斯林辑录）。先知既倡导这种精神，又身体力行。据艾奈斯传述，一位老人来求见穆圣，众人见他却不给他让位，穆圣便说：“不仁爱小孩，不尊重老人者，不属于我们。”（铁力米兹辑录）由此可见，尊老敬老的美德在两大文明中都有许多契合点。其实，两种文明交融而并行不悖的现象和实例在我们生活的周围比比皆是，香港穆斯林中华回教博爱社继承中华传统，沿袭圣行，具体实践着“敬老爱老”这一美德。

2008年10月19日（星期日）上午10时，一年一度的“香港穆斯林敬老会”在香港湾仔陈东里七号中华博爱社所在地举行。整个大厅18张圆形餐桌、将近200多把椅子，座无虚席。其中有耄耋之年的长者，也有总角之岁的幼童。

敬老会活动由博爱社秘书长杨义护先生主持，按照惯例，在活动开始之前请杨阿訇带领大家念赞主赞圣，然后博爱社主席脱志贤先生向前来参加并支持此次活动的人们致谢表达敬意并宣布活动开始。

这次活动可谓精心设计、意义非凡。博爱社会务组在此之前已经忙碌了数天，特别是博爱社第一副主席萨智生先生。萨先生为了办一个特别而温馨的敬老活动不辞辛苦，四处奔波，在百忙中为老人们购置了他们心仪的礼物。

经过商议，会务组最终确定了敬仰老人、扶助长者的具体行动。其中包括为长者发放慰问金的环节、抽奖和集体用餐活动。与往年不一样的是今年多了一个环节，即沙乌地阿拉伯圣地麦迪那禁寺的大阿訇萨里哈·塔里卜将在来港访问期间，亲历现场，与众长者见面，以表慰问。塔里卜先生原是沙特执掌行政事务的大法官，后来受命于国王，在禁寺担任伊玛目一职，现在可谓文武双全，既是法官又是伊玛目。

健康长寿奖是为最年长者专设的奖项，也是博爱社敬老活动最为务实、真切的奖项，即为获此殊荣的长辈（男女各一名）发放奖金3000港币，今年这项奖为101岁高寿的的花布陆女士和德高望重的大阿訇已是96岁高龄的张广义先生摘得。按照年龄段，另外一组大奖属于那些年龄在85至95岁的老人们，他们将获得来自穆斯林大众捐赠的现金，每人500港币。知感真主，今年有20位老人获得。抽奖活动是最为精彩的环节，平日寡言少语的老人们这时都变得分为激动。抽奖环节的奖品都是我们的教亲捐助的，他们带来的礼物摆放在大厅的前台上，其中有现金利士、恒生礼券、百佳惠康礼券、中心餐券等，真是既实用又实惠。期间，一位获奖老人说，真是久违了这种快乐的气氛，平日里在家，寂静而单调，每日孑然一身，形影相吊，比较孤独。现在有这么好的活动，不仅见到了故友，有了新交，同时还满载而归，真是意义非凡，感谢博爱社，愿主回赐。

正当抽奖活动如火如荼进行之时，天方大伊玛目萨里哈在沙特领事馆副领事和签证官的陪同下来到现场。伊玛目身着白色大褂，留着长髯，双眼炯炯，精神抖擞。落座之后，伊玛目用安拉最尊贵的语言表达问候并做了简短演讲。他说，如今看来，信仰是个人的自我选择，不可强迫。伊斯兰并不神秘，但是对于伊斯兰的了解也需循序渐进，不可断章取义，也不要过于着急，因为伊斯兰本身对于我们任何人来说都是不可尽知的，探索伊斯兰知识是穆斯林一辈子的功课，不要着急。伊玛目还用了一个比喻，说伊斯兰犹如明灯。信士们握着这盏明灯，为那些在漆黑中行走的人带来了光明，等他们行走在主道上。最后，他还对香港穆斯林提出几点希望。他说，香港穆斯林一定要彼此多交流，互相要勤走动，不能过封闭的日子。这样的活动是年长者加强交流的好机会，也是分享信仰快乐的好时机，穆斯林之间是镜子，一定要增加往来，相互学习，互相帮助，一起共同行走在安拉的正道上。《古兰经》是为整个人类下降的神圣经典，不是专属于哪个宗教或民族的，所以我们当自我学习的同时，不要吝惜，把知识之典与不同的人分享，不仅仅与穆斯林兄弟姐妹。

伊玛目在发表完简短而厚重的演讲之后诵读《古兰经》，与众人一起做了杜哇，与老人们分享了他们不远万里从沙特带来的椰枣。然后，伊玛目饶有兴趣地抽取了奖品，并与获奖者一一合影留念。

敬老会的活动最后以一席集体佳肴而落下帷幕。老人们依依惜别，互相搀扶照相留念，他们面带笑容，心满意足。记得一位老人在临别是说，伊斯兰是我们的精神支柱，博爱社是我们的精神家园。这样的活动，使我们有了归属，少了失落，让我们感觉活着还有劲，因为我们必将走向安拉。

愿安拉回赐博爱社，回赐这些为“敬老会”活动圆满顺利进行而默默付出的人，希望在安拉的佑护下，各位老人健康长寿，让我们一起守护共同的精神家园。

香港穆斯林的葬礼

穆斯林的葬礼这一仪式，经过霍达的小说《穆斯林的葬礼》而从后台隐蔽处搬到前台，使一种本为特殊的个体现象成为了全体的普遍分析，大凡与葬礼有关的话题，都会不自觉地提及这本经久不衰的小说。

这本书与张承志的《心灵史》一道被喻为回族穆斯林认同的核心概念，也是回族知识阶层在自我呈现文化外观时所必须提及和展示的内容。岂知这种方式所造成的刻板影响，给回族本身的认同带来多少迷茫与不解，同时对于非回族他者的了解，回族作为一个群体的族群性特征时的对照性分析。因为先入为主的影响刻录了回族的一些主体性特征，并使文化元素在展演的这个环节上成为一种主流，这样一个本来千变万化，而且时时刻刻都在变动不居的族群文化出现了单调的一致性理解。这种理解不仅视己所见为真，他者为伪的排斥感。当然，这种选择也是经过无意识的同构后产生的无意识反应。这种反应在主体作出能动的回应时，主体的能动性，本身也是无法感知的，这种现象比比皆是。我们会在不同的话语场景中持某种观点，这种观点一定不是空穴来风，但是我们还是会不遗余力地为自己所持的观念辩护、观点辩解。可是这种吃力不讨好的行为，是在我们作为社会的人的成长过程中所塑造的一种不可逆转不可忽略的集体特征的自然表现。

有了这样一个理论基础之后，我们一起来分析香港穆斯林的葬礼。

在伊斯兰文化中，星期五拥有一个别样的意义。这一天又是星期五，在穆斯林看来是最好的日子，因为这一天全世界的穆斯林都会在午间休息之时，来到清真寺，参加聚礼。聚礼之后，穆斯林兄弟之间，互相握手问候寒暄。在香港穆斯林中间，除此之外，还有另外一种仪式，他们会在聚礼结束后，选择一个餐厅共进午餐。

湾仔清真寺穆斯林餐厅位于清真寺大楼五层。平日里，这家餐厅生意清淡，一般都在下午茶后打烊，因为晚上基本上没有人来这里用餐。据餐厅老板讲，过去这家餐厅生意红火，时时刻刻都有人来吃饭，现在日渐清淡的原因是，过去围着清真寺居住的穆斯林因为拆迁使居住格局发生了彻底的变化。集体社区完全被房地产的开发而打破，附近的穆斯林居民都在各种利益的影响下选择了自己乐意的居住环境。刚刚搬迁的老人们还无法适应没有精神社区清真寺的生活，他们往往会不辞辛苦，辗转倒车几次，来到清真寺，与他们一起长大的朋友们，教亲们谈天说地，一起学习《古兰经》，一起吃午饭，吃下午茶，直到夜幕降临，才悻悻然，不情愿地回家。到了第二代，在都市化急速的生活节奏下，人属于自己可支配的时间越来越少了，人们可是为了一家人的衣食住行而连轴转，宗教生活的需求逐渐被强度劳动所代替，无暇顾及缺失的精神世界。所以，今天生意冷淡的清真寺餐厅足以表明这一点了。不过还好，星期五是个特别的日子，老板稍作松懈地说，周五聚礼后熙熙攘攘的人排着长队吃饭，让他时刻有种回到过去的冲动，过去那个热闹劲，唯有周五才能真实感受。

周五的特别，也并非香港本地穆斯林的信仰回归，而是随着全球化的加速，世界各地人口的流动也似乎把整个地球都给紧缩了一般。在这种状况下，世界各地的穆斯林，印巴地区来得较早，近些年有很多来自非洲诸国，在濒临中国大陆的香港安营扎寨，做起各种生意，特别是小商品、电子产品的中转与远销。因为利润丰厚，很多非洲人都大串联一般，很快涌来。其中很多穆斯林来了之后，一面寻找居所供身体休养，一面寻找清真寺供灵魂生息。清真寺的餐厅也会借机实现价值双赢，所谓薄利多销，吸引很多人在周五参加聚礼后在此吃午饭。

当然，除了外来移民的大量涌入外，这里始终是香港本地穆斯林中老年人见面叙旧的地方。笔者所要叙述的事情，也从这个地方开始。

这天下午，聚礼结束后，人们很快吃完午饭，有些去忙工作了，有些因为送葬完毕而直接回家了，有些人又返回来在这里吃下午茶。当我走近餐厅时，张先生一个人坐在餐厅靠窗户的圆桌边，静静地坐着，面目冷静，略带哀伤。桌子上摆着一个空碟子，里面的东西可能已经被他吃掉了，旁边还有半杯奶茶，他一只手握着茶杯把，一只手捏着手机，似乎在查找电话号码。我很恭敬地走到跟前，以穆斯林的方式问候了他。老人目光呆滞地看了我一眼，没有他日见面时的那种热情，只是点点头说，请坐。

今天好吗？我问出来之后，有些后悔，明明看到人家今天比较郁闷，还哪壶不开提哪壶。

不好。老人略带怨气地说，而且还带着哭气。我的老朋友今天走了，你说我能高兴吗？听到这，我恍然大悟，不知所云。

老人说，和我一起吃了近20年下午茶的老朋友今天走了。我向他询问逝者具体情况，老人说，别着急让我慢慢道来。

做完礼拜，阿訇讲今天有人去世，希望穆斯林兄弟姐妹们去送送他。死者是位马姓单名俊字即马俊的人，享年96岁。马俊先生是香港本地穆斯林。据张先生讲，老人过去在一家外资公司工作，育有三子一女。老人忠于教门，乐于穆斯林事业，虽长期在外面工作，始终坚守主道。老年退休，常以清真寺为家，一面自学《古兰经》，一面积极承担一些穆斯林的事情。三个儿子，各个已经人到中年，事业有成。其中两个儿子在香港工作，一个儿子在加拿大。女儿也在香港。现在也是儿女成行，家庭和睦。

据张先生讲，马俊老人走得很安详，没有生病住院，没有给子女带来麻烦，很轻便地归真了。不过，张先生欲言又止。不过怎么了？我追问一句，唉，说来话长。老人一辈子信仰坚定，没有被经济打垮，也没有被花花世界影响。几个孩子呢？就有些不如意了。他们当然都知道一些基本信仰问题，但是他们都基本上不信仰伊斯兰教了，更让人难以容忍的是，他们的后代还脱教了。你看看几个儿子，很少来清真寺，都说忙，忙。忙什么呢？瞎忙。没有头绪，毫无目的的忙。老人说着有些激动了。老人今天的心情不好，我也不好再多追问。

主麻拜结束后，与阿訇约定，我们一道去跑马地送葬。我们稍微吃了点东西就去了。走在路上，阿訇给我简短地讲了香港这边的穆斯林葬礼。香港穆斯林的葬礼比较简单，一般都把亡人葬在柴湾穆斯林坟场，如果早先在跑马地买了地皮的，自然会在此处安葬。香港因为地皮紧张，曾一度也有人炒坟墓地皮。若诙谐一点说，人都死不起了。为什么呢？一块供睡土的地方居然要10万块。柴湾那边也要3万块。穆斯林的葬礼比较快，不会专门选择各种开销或者隆重的仪式进行。香港本地穆斯林也延续伊斯兰的传统，讲究速葬，也多喜欢选择好日子。穆斯林的好日子一般都以星期五为最佳。也不主张哭丧。

到跑马地坟场时，已经有平日见过的人等在那里。门口放着几个大竹筐，里面装满了芦柑。旁边的几个近亲包括两个儿子，一个女儿，女婿以及几个孙子孙女。他们一个个表情严肃地按长辈晚辈顺序站着，也没有像我们常见地在丧礼上刻意穿上黑色送葬服，也没有戴孝。死人的事情一般都多少有些伤感。所以，当我们走进去时，他们见是生人，只微微点头，眼神中传递着能来送老人走的谢意，至于谁是谁他们并没有在意。这家人，从外表看，在香港还是过得比较富裕的。除了几位至亲之外，旁边还有一位英国人，六七十岁的样子，他一直低着头，可能是语言不通，还是另有心事，他多少表现的有些难过，抑或悲伤。后来在坟地里经老人的长子介绍，才知道这个人叫Peter，曾经与马俊先生一起合伙做生意，究竟谁为雇主，他们彼此谦让，儿子说这是父亲的老板，而Peter说这是他的老板。另外还有几位应该说与马俊先生一家交往甚密的朋友。不知道往日他们是怎么样的装束，今天都很严肃地穿上了包裹比较严实的衣服，还戴上了头巾，是对老人的一种尊敬吧。一般在丧礼上，人们可能还会带个雏菊或者白色的小花于胸前，但是在穆斯林的葬礼上这些都是不用准备的。靠墙的几个长凳上坐着几位老人，他们都是湾仔穆斯林社区中的宗教负责人。张阿訇年过九旬，曾在清真寺供职几十年，旁边是他的老朋友，在整个丧礼过程中搀扶着他，有伊斯兰协会的几位负责人，还有一位巴基斯坦人在香港的伊玛目，后面则坐着常常会在餐厅遇见的几位妇女。可能都是希望自己将来也有个热闹的送葬过程，这些人尽管步履蹒跚，但是他们还是挪着步子来了，按照阿訇的说法，送葬也是一种圣行。大厅中间则铺着一层薄薄的席子，几位中年人坐着，低着头，聆听阿訇的教导。

阿訇讲完了，前来送葬的人一个个站立起来，站成几排肩并肩紧紧地互相倚靠着。后面的妇女也紧随其后，另立新排，互相搀扶着站成几排。门口还有几个人并没有走进来一起参与送葬仪式。据阿訇讲，这些人或许是马俊老人生前的朋友或者亲戚。他们并没有伊斯兰的信仰，所以对这种仪式的看法自然也是无关紧要的。阿訇还讲了，过去送葬，有些人父母是穆斯林，但是孩子在成长的路上，选择了其他宗教，或者干脆什么宗教都不信仰，父母去世时，如何送葬往往会出现一些摩擦。很多父母有过交代的，都会按照伊斯兰的方式，不过这些子嗣们则站在外面，事不关己地“眺望”着人们怎么处理他们的父母。没有交代的，若没有或者不知道有穆斯林的朋友，他们干脆按照其他宗教的方式举行葬礼，这样的事情的确是存在的。还有些人不知道穆斯林丧葬仪式的简单，不主张铺张浪费，他们送来花圈，还会像中国人的传统，挂帐敲锣打鼓，吹唢呐等。阿訇无奈，只好静心开讲，让他们知道穆斯林是如何送葬的。

今天这些人当中也是有的，据马俊老人的长子讲，家里孩子都信仰伊斯兰教，不过大多数都只是知道，没有任何实践知识，他们这一代还好，至少知道自己的经名，儿女们都是赶时尚，取个其他名字，与宗教本身没有多大关系。后面观望的，其中一位是他的儿媳妇，不信教，没有办法啦，我们不能强求，哎，能来都已经很不错啦。穆斯林的葬礼，最为关键的还是三个方面，死亡后的洗浴、丧礼上的者那孜和坟地里面的下葬。因为人们都很少经历死亡，家人去世也不知道如何处理，只好向埋葬机构求助。还好，香港跑马地这边有个专门负责送葬的机构，由几位巴基斯坦穆斯林负责。老人去世之后，他们先帮老人脱掉衣服，按照顺序，从头到脚洗一下。平日里，穆斯林礼拜都要洗大净，死亡后的大净从程序上来看是一样的，只不过不是自己动手。因为要面见真主，接受后世的打算，活着的人，从仪式上要给亡人一个洁净的灵魂与身体。具体洗浴过程中是，先右后左，先前再后，先上后下，轮番洗漱三次，再把指甲、头发修理、梳理整齐。然后拿出三丈六尺白布，上面洒上防腐药水，然后包裹起来，装在一个竹子做的长方形架子里面，再盖上用绿色毯子。毯子上面是金黄色的清真言。这些事情都是由子女交给专门负责人来打理的。几位身强力壮的巴基斯坦穆斯林完成清洗之后，抬着老人出来，放在大厅最前面。

阿訇又一次提醒来者怎么样为老人站“者那孜”。所有人都是要带着小净才能送葬，来者都脱掉鞋子，分几排站立，阿訇大声地念着“安拉至大”，并祈求真主引领亡人进天堂。者那孜过程中的祈祷词通常为：“真主啊，你是亡人的主宰，你创造了他，供养了他，指引了他，今天你又收回了他的生命。你深知他的言行，我们为他向你求情，求你宽恕他的罪过。”或者：“真主啊，求你宽恕我们中活着的人，亡去的人，在场的人，不在场的人，求你宽恕我们中的男女老少。无论我们中的何人，只要你使他活着，就让他活在伊斯兰上；只要你使他死去，就让他死在伊玛尼上。”

尔后，在阿訇的带领下，一起做了祈祷。按照孝的传统，几个儿子孙子，一起抬起老人，送往坟地。这次可能是力量不够，还是由巴基斯坦人负责，他们沿着去往坟地的路走上去，直到事先挖好的坟坑。

因为坟地有限，马俊老人因为高寿，孩子们也是早有打算，当年用港币500元买下这地皮，着实省了很多。下葬时，家人也都跟随上来，围在坟坑周围。因为方位关系，香港位于麦加东面，所以埋葬时，亡者都会头朝西放下去。在身体上面再盖上一层木板，等一切停当后，再把掏出来的土慢慢填上。这一过程中，至亲们都会主动上来，拿起铁锹掀几下，算是对老人最后的孝敬。马俊老人的大儿子这时一言不发，抱着双臂，低着头，看着父亲一点点被掩埋在下面，不知道内心在思索什么，这时是不好打扰的。小儿子在拿起铁锹的瞬间，止不住悲痛，吸着鼻子，泪流满面。我走上前去，轻轻拍一下他的肩膀说，节哀。他看了看我，点点头，放下铁锹，向后退一步说，唉，还是比较高兴，父亲一辈子过得很安静，能活九十多岁，不容易。老人也没有在晚年受太多的痛苦。他把孝心尽了，不后悔。

埋葬完毕，两个儿子抬起一块小墓碑，先简单立在上面，等日后再做修葺。阿訇这时抬起双手，为马俊老人做了最后的祈祷。因为整个坟地都在山坡上，对面都是高楼大厦，两边的马路上都不停地有车辆穿越，阳光透过锡克教庙宇的白色塔尖上照射过来，为这个世界在瞬间带来了某种莫名的神异。送葬的人各个抬着双手，听阿訇诵念他们一辈子都不会弄明白的念词。这时，一阵微风吹过来，吹走了儿女们的负重感，毕竟一个让他们操心的人走了，也吹走了他们悲痛，是啊，老人活着也是受罪，走了，少了痛苦。

在往回走的路上，我与马俊老人的两个孩子做了一个简短交流，他们说是广州人，但是老家还是从西北迁移过来的，具体是哪儿，也不得而知，今天老人走了，可能这段历史也算告一段落，不知道以后，到了他们的下一代，下下一代，他们还是否记得，自己是广州人，他们还是穆斯林?

一般送葬结束，人离开凡世的经历多少会影响人对这个世界的追求，不过这家人看上去并没有那么的悲痛。也许他们已经过了痛苦期，一家人齐聚穆斯林清真餐厅，有说有笑地吃起了下午茶。

马俊老人的太太坐在中间的位子，儿子、媳妇、孙子、孙女，女婿、女儿各自落定，不知道这是不是一家人难得的一次聚会呢？不知道下一次相聚，会不会是因为太太的过世，总之，人都忙啊。

认同：一个历史的记述

虽然生活在中国香港，但是遇到事情的感受却与在国外别无二致。以前，我们曾想象或者主观推测香港不就是中华人民共和国的一部分嘛，差别也大不到哪里去。其实，真正生活在这个多维立体的空间，我们单向度的主观思考就会经历被彻底的否决，自我知识体系也随之得到刷新和升级。就拿身份、认同为例分析一下。

香港不仅仅是中国人的生活地带，在全球化浪潮的席卷下，世界各地带着遐想、拥有梦想的人，自一百多年以前就开始乘坐梦想之舟，来到了这块土地，一百多年，连绵不绝，源源不断，形成了今天的国际化大都市，而且完全可以与美国的曼哈顿、纽约，英国的伦敦，法国的巴黎，日本的东京等相媲美。早期人们怀着对米字旗和日不落帝国的美好遐想，也带着对未来生活的强烈愿望，以不同的身份来到香港，这些人，主要由当时的英国殖民地印度（今天的印度、巴基斯坦、孟加拉国等）而来，也有其他东南亚地区东移而来（当时还没有形成国家），有的举家迁移，有的一人独闯天下。谋生之道也是千差万别，但是基本上都是处于较低地位的服务行业。这些人的认同体系中，就是希望能赚到基本资金以养家糊口，基本上没有太多的成为大英帝国子民的荣耀。这样，他们就开始了生生不息的外地人的香港生活，并逐渐成了香港本地人。几代繁衍之后，这些不同肤色，曾经操着不同地区语言的人，开始用两种基本的语言进行信息的传递，一为广东话，一为英语。而自己的本族语言逐渐成了自己人内部的交流工具，而且这种语言也多表现为混杂，40%是英语、广东话的补充，这种现象在汉语中也是存在的，但是没有那么明显。所以，今天如果走在香港大街上，听到印度人、巴基斯坦人用流利的广东话交流，千万别大惊小怪，他们已经是彻彻底底的中国人了，因为有可能他们的先辈已经在此生活了近一百年。英国人在中国香港的定居更是司空见惯，比比皆是。这一点也比较容易理解。大英帝国在占据了这片土地之后，通过各式各样的宣传与鼓动，使那些对非西方充满遐思的人，尤其那些希望能在香港淘金的人，拖家带口地就来了，成了定居香港的英国人。当然还有其他国家和地区的，如东亚、亚细亚、南美、非洲诸地，但是相比而言，人数上并不占主流。在民族国家意识不太强烈之前，也就是二战之前（二战之后，许多民族从殖民国中脱离出来，纷纷成立了自己的民族国家），这些人都是以“世界人或者希望成为英国人”的目的生活在香港，而且群体、阶层认同较为明显，并没因祖国家乡的变化而受影响。那时，他们一般都以香港人或英国人自居。

二战之后，民族运动的兴起与民族国家的成立，使这些生活了几代的香港人开始意识到自己的身份。他们逆向地寻找自己的族属，一边在集结自己的认同，一边在排斥他者的陌生感。最有意思的是印度人在印巴分治之后，这些来自印度的人因为地理边界而形成了所谓印度人、巴基斯坦人的不同认同，之前他们相安无事，而之后则形成了明显的民族边界，成了熟悉的陌生人。

1997年之前，香港基本上已经成了一个多元种族的集散地，世界各国的人，只要能想到的，都会有。在生活了七年之后有了居住权后，也以来自某国的本地人而生活下来。1997年之后呢？香港回归中国，香港人从过去的英国人转换成中国香港人。

让座文化

昨天坐地铁，上来一对年长的夫妇。旁边刚好有一空位，先生示意太太落座。我站起来准备让给先生。他摆摆手说不用不用，说他习惯了站着。我坚持让他坐下，他还是拒绝落座。看着他佝偻着身子摇摇晃晃地站在我的面前，我真的有些不忍心，又试图站起来让座，他说我还不老嘛。这样让了几次，我们打破了陌生人之间的“僵持”，开始聊起了“让座”礼仪。他说不管是返乡回内地还是去台湾，上公交车坐地铁常有人让座，而香港的年轻人却不这么做。每次上地铁，不仅不让座，还抢座位。坐下之后，闭上眼睛假装睡觉，不管面前站着的是耄耋老人还是牙牙学语的孩童。香港人在尊老爱幼方面真的做得不够。看着他摇头叹息的样子，我不忍说，其实让不让座，应该是一种文化差异，而不能仅仅看作是否尊老爱幼。香港受英国文化影响，讲究个人主义。再说香港人也以年龄为隐私。老人也是不服老，不愿意被看作老人，所以才形成这样的习惯，不可以上纲上线说香港人不尊老不爱幼。他说是否让座虽然是表面现象，但是应该做出来，至少让人心里舒服。我说香港年轻人尽管没有在这方面做出来，相比而言，他们还是比较独立，读书成长阶段，经常依靠自己打工赚取学费，自己养活自己，不给父母增加负担。老人似乎不太同意我的观点，摇摇头说，我看还是应该让一让座位，总归不能让老人孩子都站着。一个文明社会，这是起码的道理。我无言以对，禁不住想起印度的一句谚语：不同情跌倒在地的老人，在你摔跤时也没有人来扶助。是啊！年轻人不妨也起来让个座位，古人曾说："老吾老以及人之老，幼吾幼以及人之幼"《孟子·梁惠王（上）》

（载于《明报》，2009年11月28日"论坛"版）

外 出

香港的周末，许多人可能会坐上油轮去澳门赌场，尤其最近超越北美赌城的新场地的建立，名字叫什么，居然一时想不起来，不过有许多人还是喜欢徒步旅行，远离城市的喧嚣去郊外（香港的郊外，就是其他比较僻静的小岛），一则健身，二则让疲倦的视觉有个休养，好从周一始精力充沛地去上班。

我们这次旅行，稍微有些不同，因为这次活动是香港穆斯林团体组织的一次活动，机会难得，而且也是一个更多更深地认识香港人，了解香港本土自我知识文化的一次良机，尤其需要说的是，价格还特别便宜，包车费还管一顿午餐，要是自己去，两百港币根本就出不来，而这次却只需要60港币，不错。

知道消息后我就主动报名了。周日早晨7点起床，沿着下山小道从住宿地到了学校火车站，可能是周末，再加上昨晚有些雨滴，早晨整个环境都沉浸在湿润中。

中大的学生可能都睡得比较早，我说的不是前一天，而是今天早晨他们就开始睡觉了，也就是我们所谓的提前睡觉，呵呵，整个早晨只属于老人，几位老人步伐矫健地舞动着自己的各式“武器”，以寻求一种具体实在的延年益寿。沿着去往崇基书院的小道走下去，有一个小小的花园，四周没有人的身影，几只小鸟在此落户，在阴郁的树丛中打情骂俏，幸亏不懂鸟语，不然会不会因它们的开怀畅谈勾起我对家乡、亲人的哀思呢？走过花园，看到北方稀有的荷花池中有红色小鱼游动，静静寂寂，俨然整个世界因它们而存在。它们悠然自得地在池中嬉戏，根本不理会行者来客的存在，抑或不速来访，因为在它们看来，我们都是它们世界的陪衬，为什么这么说呢？因为我们其实是这样认为的，难道它们不可以吗？

走出花园，转身看去，小院门上面写着“乐园”二字，我就想，这是不是中大领导为学生专门设立的爱情丽岛呢？一个卿卿我我、私定终身的好地方，不过这种古装典雅的装潢，有点雷同于曹雪芹笔下《红楼梦》中宝玉嬉戏的后花园，现在香港的快速发展，孩子的悠然自得、天真烂漫早就超过了清世的贾宝玉了。

出去后，上个台阶，一般人都会选择走下坡路，因为安装习惯，应该是下坡而截直，到大学站应该是最省时省力的路经了，不是本人清高，而是心想，既然出来，何不也“悠然自得”一些呢？于是继续选择顺台阶、小桥而过。

过了小桥，上几个台阶，就看到一位长者在“仙界”闭眸深思，身背崇基书院礼拜堂，前倾小桥流水，头顶虽不见天日，但绿枝遮顶，实乃静物，因为不去仔细瞧，认真看，过客皆以为生活在画中，唯有自己在动，一个要走进画中而添物的艺人。

如果没有远处的火车不断发出进站出站的信号，这四周的寂静一定会把人带入一个忘我的境界，在这里我们可以放弃外界的纷争，也可以结束一世尘缘，让自己化为其中的一物，即便是一片不会被随便摘走的树叶也行。可以在雨夜，聆听树枝打着哈欠仍有物欲期待的猫头鹰的焦急磕碰声，也可以在早晨看清澈见底的小池中不同颜色的鱼儿，不会像人那样分颜色、大小、肥瘦、富裕贫穷地寻找自己的伴侣，它们一个个都洗过澡，等待任何伴侣的“侵袭”，这是生物的自愿与自觉，更不需要优生优育，或者进行节育手术，只要快乐，不同个头儿、不同颜色的鱼儿，可能会因为多样性的呈现而愈加快乐和自信，因为它们为世间的和谐多样做出了贡献。而我们居然浑然不知地走出仙境赴红尘而去。

在中大，只要有路的地方，都是一个通道，下一个终点和起点的通道，不像过去生活的地方，长长一条道走过去，居然一幅牌子横立中央，禁止通行，尤其当驾车通过，而且只是单行道时，更加悲惨，因为准备掏钱吧，前面可能还会有一位身着制服的活物，为他的家人，他生活周围与他可能有关系的人来觅食。但是在香港很少这样，天人合一的中文大学更没有这种情况了。

当你选择了一条非捷径，其实就是一条捷径，因为这条路的两边，甚至里边就是多样纷呈的尤物，让你不仅忘记了下坡上坡的疲倦，还会给予新的活力，而且会精神抖擞地继续寻找生命的归宿之路。如果选择了捷径，可能会为那天捷径中的捷径而继续劳心费神，生怕自己的路，坎坷崎岖，其实只要自信，既然自己的路在自己的脚步迈出后而形成一条路，或者一段历程之后，就应该无怨无悔地走，因为路在自己的脚下，自己的路自己走。

拐过花园，果不其然，我享受了美景，眼睛饕餮了自然大餐，反而有些食欲了，真所谓阴阳平衡啊，但是没有时间了，因为我不想做一个爽约的人，快速钻进车站，等待下一站红勘，而不是下一站天后。

到了湾仔清真寺已经差不多到点了，香港人都是很守时的。二十几个人，刚到8：30，领队一挥手，我们就整装出发了。

虽然是第一次，而且各自都比较陌生，但是一句穆斯林的问候语，大家自然就熟悉了。美国有个学者李普曼曾经写过一本有关中国穆斯林的书，他说中国穆斯林之“熟悉的陌生人”，我想，这些来自香港不同地区，但是共同分享一个精神社区“清真寺”的穆斯林，彼此有种关系，就是我理解的“陌生的熟悉人”。这似乎有些矛盾，其实不然，他们虽然以前都未曾谋面，但是一句话“愿安拉赐你平安”，便拉近了彼此的距离。所以西方社会所形塑的那种彼此竖立壁垒的关系结构，虽然英国统治近百年，但是宗教文化的穿透性完全解构了西方模式中的陌生感。现在的西方人，可谓人人自卫，各自为政，担心自己的领地被侵犯，而失去主体的独立性，其实这些表面的个性完全不具备真正意义上的独立或者自主。

穆斯林文化与汉文化中都有一个协同点：和而不同。我们不需要紧紧张张地为自己圈地，敞开胸怀，迎接对话。所以名其曰香港人，其实穆斯林群体中的陌生感真的不存在。起初的担忧，担忧自己不熟悉人，会被冷落一旁，而实际上我真的有些杞人忧天，我们很快都打成一片，各自自我介绍后寒暄一番，便和谐如一家人了。

一路的景色如何？那种感觉，除了文化的理解之外，不同的人，从不同的角度感悟不同的文化，当然有自己的认知，我们的知识积淀、知识认同等大相径庭，所以过多的描述，除了游记式的流水梳理一下外，更多的语言，可能只会为下一个旅行社做一个免费的说辞。

不过我还是情愿把自己翻开，说说几点路上的新感知吧。这次旅行，首先碰到了热心的杨哈吉，老人已经年过8旬，但是仍然脚步稳健，一路走来，不粗喘，不叫累，他告诉我一个秘诀，就是天天礼拜，好好睡觉，多吃饭，多出行。我开玩笑称他为“Yong Haji”，他笑着，让我叫他杨爷爷，我说最多叫杨哥。

还有一位前辈，年过7旬，来香港第4代马来人。老人一生未婚（好多人习惯性地会叹息，因为我们常识性一而概之，认为人不结婚就不快乐），和几个兄弟姐妹围着父母生活。老人在英国公司上班，直到1997年香港回归。我问他为何没有结婚？他说自己和父母一起生活特别快乐，不希望自己完整的家庭因为婚姻而分裂，因为婚姻而失去家庭。言之有理啊！老人笑着问我，我笑而不答，因为人与人对生活、对生命有不同的理解与感悟，所以自己的看法，可能适合自己，而且仅仅适合自己。

从丽景酒店出来

从丽景酒店出来，沿着人行小道往下走，香港街头文化的亮点可能都会尽收眼底。一块路牌端正地立在人行道边上，上面用各式颜色清楚地标明几路车前往何地，何处下车，非常详细，根本不必担心南辕北辙。人们在路牌后面整齐地排着队，有不耐烦的人不断地翘首前望；有捧着一本书沉浸在自己的阅读世界里的人；有人则立着，耳机不知道隐藏在哪里，分贝不高地细语着，如果不观察，还以为他在与你交谈，或者自言自语；还有人……真是千姿百态。再稍微往前走几步，一个深蓝色的垃圾筒放在街头拐角处，上面还袅袅升着刚刚投入的烟头的烟。在此稍微停一会儿，就会听到非常清脆的滴滴答答的声音。初来香港，每次红绿灯间歇转换，都会很是响亮地响起，使过路者不得不睁大眼睛仔细观察来来往往的车辆，平安是福。说起香港的红绿灯，在此生活多年的人都可能熟视无睹了，以为就是那样的嘛。绿灯响起，可以穿越，紧随其后的是急促的滴答声，人们不自觉加快脚步，不仅保护自己，还给来往车辆带来方便，这种设计还真有些人性化的味道在里面。不过后来与朋友聊起此事，他哈哈大笑说，那是给失明者专门提醒所用。不过我还是觉得对于任何行人来说，都是有些作用在里面的。我也是不止一次地听过香港人对红绿灯的设计不满。本来可以直接穿越的马路，偏偏设计为拐到对面，然后从对面再走过去，这样无疑冒两次险。红绿灯后面是一个年岁较久的兑换现金的地方。勤奋的工作人员总是满面笑容地面对顾客，在不同语言之间转换，让人不得不服的是那种职业性的训练，不管你说哪国语言，他们都信手拈来，应答如流。

在急促的滴答声中穿过马路时，有个特别人本的设计，特别在这个三岔路口。因为来往车辆较密，设计者在中间的空余地带专门设计了一个缓冲带，急促的脚步在信号还未转换时，驻足喘口气，看看这两边的高楼大厦和后面通向铜锣湾时代广场的巴扎市场，什么是香港特色，在这里可以一饱眼福。举目望去，前往过海隧道方向的马路两边，竖起的大楼见证了香港不同时代的建筑特征，年久失修的矮小楼房与崭新高雅的高楼大厦似乎在比拼谁更能代表香港特色，也一起在香港这个环境中洗刷着岁月的年轮。说不定这些低矮的楼房也曾经在建成时鹤立鸡群，也曾着实为人眼热称赞过几番，而新建的大楼虽然当前使人耳目一新，不知道何时又会被人视而不见，弃而不理睬呢？如果详细分析不同类型的楼房，真有些值得去玩味的方面。

每个城市都有自己的“标签”。香港城市的标签在哪里呢？习惯了低头的人们，如果稍微高傲地抬抬头，就会注意到一些“不堪入目”的东西。各式各样的广告牌子，横七竖八地悬挂在空中，有的是几十年前自广告大肆宣传开始，并取得一定效果之后，如雨后春笋般直接从不同楼型的窗户中生长并蔓延出来，也有的是这两年制作的，不过总体来看还是凌乱不堪。走进小巴扎市场，一边是水果摊，一边是服装店。因为巷道狭窄，来来往往的人摩肩接踵。

抬头看看，有一种再造空中世界的感觉。那些横七竖八的广告牌似乎在揭示着经济时代人们的不择手段，市场文化的广告效应，但是不能忘记的还有给予人的指路便利、商业资讯，最需要提及的还是人们对此的习以为常。

生活中有很多内容本是存在的，不过因为我们的熟视无睹，常常视而不见，但是一旦突然消失，顿觉失落。把这种感觉放到这些不同颜色、大小、内容的广告牌上，还真是再恰当不过了。它们存在的时日并不久远，可是这种存在的标志性意义不知让多少人少走了弯路，提供了便利，也不知道有多少人因为这些广告牌而生意兴隆，日进斗金。虽然电视、网络平台的转换已经把人们的视线带走了，但是留下的这笔文化财富的确意义非凡。可能有人会说，这些破玩意儿有什么文化意义呢？不仅影响我们的视线，还污染了城市环境，早就应该摘掉了。也有人说，这些牌子的广告效应已经不再明显，然而他们曾经存在的文化意义犹如皇后码头一样，是我们留给这个时代以及未来的文化遗产，绝对不能摘掉。这样的争辩到处都有，拆还是不拆，往往都是对峙双方各执一词，相持不下，还好古人留下一句话，“天下行人，皆为利来，皆为利往”。人们都因着各自的目的表达看法，公婆各有理，公道在哪里？实用主义讲究功能与效率，用不上弃之而后快；怀旧主义表达存在与保护，大凡能保持者都会藏若瑰宝。举目世界，我们听到常有人惋惜哀叹，这个世界去哪里都一样，钢筋水泥混凝土，汽车高楼大马路。

在去铜锣湾时代广场的路上，让人欣喜的是，这个城市除了有吸引游客趋之若鹜的胜地之外，还有可以使人驻足欣赏，那些在无意识中编织的杰作。从狭小的市场走过去，几排新旧、高低、用途、装潢不同的高楼见证了香港不同行业、技术的变迁。在我们寻找香港的历史时，岂知近在眼前还要不遗余力地找寻。从这条道走过去，似乎走过了几十年。那条充满鱼腥味的市场，光着膀子、衣衫不整、高声吆喝的小贩，头顶悬挂着20世纪初留下来的匾牌，再往上看那些如蜘蛛网拦截夜餐的密网，上面“擒住”了撑开的窗户，各种样式品牌的抽油烟机、空调盒，等待晾干的黑色牛仔裤，红色乳罩，白色内裤，尽收眼底。再往前走上“五十年”，立交桥、高速公路把湾仔分成了两半，这边依然悠然自得，不紧不慢。那边呢？在通往时代广场的路上，纵向又有一条在内地城市找不到样板的路，两条铁轨隐在马路中间，一辆辆印着不同广告的滴答电车缓缓而来，犹如老态龙钟的老太太招呼着在外嬉戏的孙儿们回家一般，从无间断耐心十足地穿梭在城市中。

过了这条路，人们会感觉到一下子被带到了现在。长度不到一百米的街道，每次抬头去看，深深感觉，似乎走过了一百年。带回现在，意味着什么呢？喧闹的音乐，高竖的电视墙，穿戴整齐，步履急促的上班族。不妨自己去体会一下，香港这个奇妙的地方的确包含着、隐藏着历史的印迹和足迹慢慢走过，细细品味，就会立刻有着对这块地方的感恩情怀，多美的地方，若不珍惜在这里度过的每一天，岂不可惜。

甜蜜的悲哀

与赛义德兄弟相见，是在一次聚会上。赛义德兄弟着装比较特别，应该说是地方性宗教特点比较明显。赛义德穿着白色长大褂，很洁白亮净的那种，头上缠着只有在礼拜时才戴的戴斯达尔（用白色棉纱缠绕而成），从背影看去，令人肃穆。他转过身来时，一脸长髯，更透出几分敬慕，在回族人看来，这是圣行的身体力行表现之一，略过长髯，看到他南亚稍有黯黑的肤色很洁净，就知道他还是一个我们常说的娃娃，只是那些浓密的胡须蒙蔽了我们的双眼，以为他是伯叔之辈的人。稍微站得远一点，还真看不出。靠近一些，看到他透亮的眼神中还保留着青春的稚嫩。但是，与赛义德交流几句话才知道，这些浓密的胡须、透亮的眼神中还的确隐藏了一些难以化解的忧愁。

赛义德见我在注意他的一举一动，很是大方地走过来，伸出手，稍有恭敬地用尊贵的问候语“俺色俩目尔来库目Aislam'Alaikum！”（愿安拉赐你及你的家人平安！）问候我，略带有些许乌尔都语，或者是普什图语语调，一时也没有仔细去想，不过我也很是恭敬地回了问候。他握着我的双手，微带笑容，接着就是陌生人之间的寒暄。因为伊斯兰教倡导天下是一家的概念，所以不几句确定对方也是同门，就兄弟称呼了。世界各地不同肤色的人常常混杂在一起，尤其是多元文化的彼此浇灌，一下子识别人在过去环境中打下的文化烙印，经过时日的磨损，是有些模糊而一时难辩。赛义德也被蒙蔽上了聪睿的双眼，竟认为我是马来西亚人，有可能是我带点马来西亚腔的阿拉伯语问候所致。当我说是从中国大陆西北远地而来时，他表现的颇为愕然，似乎在说，只有都市的人才在“上书房行走”，谁曾知，现在握有“尚方宝剑”的多是从草根一步步攀岩而上的。再聊几句，彼此都很佩服对方不平凡的经历，或许这也是现代人取得与交谈者之间平衡的一种话语方式吧，犹如去正式场合一定要西装革履一般，把自己如何从平凡到不平凡用最简短的几个字概括出来，听者满面笑容地应答着互相抛出的符号绣球，而内心则思索着这个人在某个方面能否让我达到利益最大化，当然，也不全是，也不全不是。

再聊几句，赛义德兄弟就向我敞开了胸怀，他说，兄弟，我遇到大麻烦了。他眼神中立刻透出了掩藏已久的忧愁，而且似乎从眸子深处，直接通向魂魄的那种忧愁，不要听他说话，就看着那双闪动的眸子就够了。不过我似乎对此已经习以为常，还稍有卑鄙地隐露着几分幸灾乐祸。暗自揣摩，这小子又要向我施展《骗术奇谈》中的哪一章节？我呢，会兵来将挡，水来土淹。你的各种招都施出来吧，我在江湖行走多年，接招解招自然不在话下。

赛义德，现在应该称呼为赛义德兄弟，他示意我们俩坐下聊。现在他的声音略微压低了，眼神直盯着我，我还真有点不寒而栗，担心他“望眼欲穿”，看出我刚才内心的虚伪构想。但是他的举动的确又一次加剧了我的防范心理。兄弟啊，我遇到大麻烦了。嗯！我等着他下一句话：能借我点钱吗？可惜他没有这么说，他说，我信任人，给你讲，你我都是穆民，不能言之他人啊！我点头允诺，心想是啊，我不会说，你借了我的钱，逃之夭夭，不见影踪，我自然不会四处传播坏你名声。我是巴基斯坦人，到这儿做手机配件生意，说着伸手指着一位年轻的妈妈和她的四个孩子（一个可爱的小姑娘，一对双胞胎，一个个头稍微高的男孩），几个孩子个个都是毛茸茸的眼睛，衣着干净整洁，年轻的妈妈可能是什叶派穆斯林的的家庭出来的，全身黑装，不过脸面是露出来的那种。见赛义德指着他们，这些灵气的孩子很快向我示意，仰头问候。他说，这是我的家庭，刚从巴基斯坦来不到一个月，是我亲自回去接过来的，知感，今年配件生意不错，就把他们都接来了。哦，一个大家庭啊。他喜悦中略带忧愁地说，都是安拉的前定和赐悯，让你有，就有了。嗯，知感！我的内心又在搅动，你看你，生这么一大堆，怎么养活？你有能力让他们都接受好的教育吗？他的眼睛可能真的能看透心思，我还没有回过神来，他说，安拉把每个人带到这个世上，给他们都安排了各自不同的生活方式，都能长命短命地活上一阵子，知感啊！

我还是违心地点头，赞扬他。他说，兄弟啊，你得帮我一个忙。我汉语不好，又不能说，现在问题很大。我暗自揣测，他可能不需要我进行经济援助或者卑鄙一点说，他不让我放血，翻译什么的，自然没有问题，动几下嘴皮子的事情，我是来者不拒，兴许还会有额外收入。这时，他顿了顿，似乎在准备怎么向我开口，又似乎有些难言之隐。我说，说吧，兄弟，不管什么事，只要我能帮得上，一定……

我也不知道给你该怎么说，我说出来，你别骂我啊。我还有一个妻子，她现在在另外一个城市。嗯？他给我讲家事。家丑不可外扬哦！而且清官难断家务事啊。说吧，看他要打开潘多拉宝盒中的什么“妖魔鬼怪”？她是入教的中国人。我们过去在一个公司工作，彼此深深相爱。我也告诉她，我在老家已经有了家室。她说，她不管，她爱我。因为我离家比较远，我就给家里打了电话，给这个妻子讲了实情，妻子同意了。我们就举行了婚礼……现在，我遇到了大麻烦。他继续重复着那句话，I am in a big trouble。她现在怀孕了，都8个月了。昨天她给我发了信息，骂我是没心没肺的人，是坏蛋，我不知道该怎么办？你们中国人是怎么处理这些问题的？

嗯，中国人没有这样的问题啊，都是一夫一妻，再说我也没有过这样的经历啊。不过，你会接受我给你几点建议吗？他稍有期待地点点头。你当初答应两个妻子很公平的对待他们，是吧。但是如果不能呢，就是你违背了主意，是罪过啊。现在呢？他面露难色，有些被我揭底的样子，很是无奈地摇了摇头说，我在尽力啊。

那你的妻子现在有孕在身，你应该多陪陪她啊！我有些偏向中国人了。

我昨天刚从她那儿过来，还没有回到这边，在路上就收到了她的信息。我不知道该怎么做？我要公平一些。这边的妻子不远万里从巴基斯坦来，还带着我的孩子们，我总不能不管不顾吧。你说我该怎么办？她以前很听话的，从来都不跟我说一句重话，你看她给我发信息，说我是骗子，我的主啊。兄弟，你给我想想办法吧。我的汉语不好，她的英语不行，我怎么给她说，才能明白呢？你帮我给她打个电话，好吗？

嗯……你让我想想。我有些作难，不知道该怎么做？电话接通，给她说什么，你让他和妻子多待几天，宽容一些？还是会怂恿她？我一时不知所措。思索良久，我还是没有想出电话接通后，该怎么说。我有些推脱地说，兄弟啊，这是我的名片，你拿着，给我电话，或者把我电话给她，让她与我联系……

嗯，这个，这个……兄弟，好，好！我不知道，人应该大方一些嘛，过去两年多，我们一直都在一起，和妻子在一起还不到两个月，她就不依不饶的，自私啊。她还是个穆民，唉！没有看透她啊。

赛义德兄弟，别这么说，都是前定。我想你是知道的，当初你这么选择时，就已经注定你会有这么一出的，现在社会，谁还愿意分享感情？可能暗地的肉欲更多一些？你不看嘛，人都拼命地往各种欲望的深渊中跳。明明知道，下面有荆棘，有险恶，但是拦不住。你这个问题啊，真的要好好想想。孩子出生后呢？她们会搬到一块儿住还是继续两地分开，你有分身术还是？看你的这些孩子，他们会怎么看待你这个父亲？的确，你有能力让他们吃饱穿暖，但是人光有这些还不够，他们需要教育，需要关心，需要你和他们在一起。你啊你，怎么不想好呢？

我，我，我……赛义德兄弟面露哭相，可能是我说的有些重了，用一种对“第三世界兄弟发话”的口吻批评着他。他悔恨地抱着头，完全没了刚才那种外在的肃穆。过了一会儿，他抬起头说，兄弟，你帮我说说，让她顺利地生下孩子，好吗？都8个月了，没有几天了。

那生完孩子呢？你打算把孩子接过来，把她蹬了，休了？兄弟啊，你知道吗？我们的穆圣当初允许娶妻子，最多可以娶四个，是有历史背景的，是有条件的。当初，战事不断，烽火连天。许多男性都牺牲于战场，留下了那么多孤苦伶仃的妇女，无依无靠，穆圣看在眼里，痛在心里，万般无奈，才出此下策。让那些妇女有个男人照顾，有个家庭育养，老有所终。当然，穆圣也这么做过，但他的确是没有私心的，不像我们这些人，出门在外，就见异思迁，唉！穆圣也是早有预知，知道将来我们这些人会利用这条发泄欲望，所以他制定了很多前提，如果一条做不到就已经是罪过了，是绝对的禁止。最基本的是，你能不能公平不二地对待她们，如果不行，就不允许你这么做。兄弟啊，现在也是考验你的时候了。用耐心，用自己的信仰之水，慢慢消解这生活的忧愁与苦恼吧。

赛义德听着我的话，不停地点头，不知道他内心又有什么样的念悟，这次是看不清了。

赛义德带着他的这一半家人出去了，他的另一半还在望眼欲穿地期待他早点过去，陪伴她。这个时候，我想，她是最需要附在丈夫肩膀上，或者靠在脊背上撒娇的时候，也是最需要诉说一个即将成为母亲的自豪感的时候。我开始想一个问题，不知道是谁第一次说夫妻是一片树叶的两半，筋脉相连的两半，那如果有了第三半是叶子出现了基因突变，还是叶子营养过剩，还是这片叶子在那颗大树上久了，想别具一格一些，总归，这片叶子与众不同。

后来一个朋友过来，见我和赛义德聊过，说赛义德现在才25岁，他第一个孩子9岁了，也是一个正在成长的孩子啊。不知怎么回事，我突然想起了美国人类学家萨林斯的一本书《甜蜜的悲哀》。当然这本书是以基督教思想和基督教故事为线索来讲述人在安逸中不知道这就是安逸，偏偏又要加上一些附加条件，结果是在迷失自我的痛苦中寻找“甜蜜”。

阅读这篇文章的人，不妨找个时间，读读这本书吧，或多或少，读点书，还是有意义的。

参加一个活动

心情好，有时候来自自我的调节，有时候来自外在的影响，有时候是自我与外在的双重作用。那天就是不一样，遇到客气有理有节的小巴司机，一站送到北京牛肉馆门口，再没有蜿蜒曲折地找路，连请客的人都还没有到，我就先行到达，还真有点不好意思。

不过到了门口，看到“北京清真牛肉馆”那几个绿色大字，再加上下面用英文拼读的“Halal”字样，实话说，有种强烈的亲切感。不是说我这个人狭隘，也不是说有些夸张，这是一种长期受某种文化熏陶，像一根钢针钉入大脑里面一般，我们自个儿可能还没有反应，可整个身体各个部分都有了喜悦与认同。这是普遍现象。

虽然下着细雨，外面还略带一丝凉风，牛肉馆门口还是门庭若市，排成一队等着有人出来，然后再进去落座。旁边也有几把椅子，供年长者和小孩坐下等着进去用膳。另外一端，也就是牛肉馆门口进去时的右手，立着一个牌子，上面放着几本餐厅的菜单，很多人都会提前看好，然后进去说出菜名，等待厨师火速端来各种美味佳肴。可能也是一种文化表现，当然也有广告宣传的目的，门口的窗机上贴着几张彩色画儿，走近看看才知道，一个说的是该餐厅的历史来源，自1950年，就开始有了这个餐厅，悠悠岁月，时光荏苒啊，50几年将近60年的餐厅。旁边是几张拍得相当精妙的图画，是对该餐厅拿手菜的详细介绍。北京牛肉馆，最让人口水连连的是牛肉饼。“一口就爆”的牛肉饼，很多人都慕名而来。再往下看就是香港名人来此餐厅时的影像，店主自然会营业啦，在这个追求成功者的社会，自然会拿出一些名人来作为吸引，吃顿饭，影张相片，也不会收广告费，贴在门口。尽管时常都是人满为患，老板自然希望多多益善。旁边几个巴基斯坦人带着几家老小，选好菜，等着马上进入。他们看到我，微微一笑，道一声色俩目问候，点点头，寒暄几句。原来他们也是特别中意这里的菜。旁边一个妈妈模样的老太太居然用流利的广东话说，这里的菜味道鲜美，清真的要求很高，是比较放心来吃的穆斯林餐厅。

推门进去，哇哈，人声鼎沸，几十张桌子挤得满满的。人们一边吃饭，一边天南地北地聊着各自的话题。身着统一黑色工作装的人，流动在不同的桌子周围，一会儿上水，一会儿沏茶，一会儿端菜，一会儿埋单，忙得不亦乐乎，其实我哪里知道他们已经累的精疲力尽，这么多人来吃饭，不累才怪，而且门口还有那么一个长队。

说起吃饭排队，在内地我是见得比较少。香港人对饮食的讲究和执着，还真得写点东西感叹一番。有时候为了吃一种菜，坐上几十分钟的车专门去，有时候为了品尝一种菜，不惜代价。不过香港也真是饮食的天堂。不怕你吃不到，就怕你想不到。这是香港餐饮业全球化的最好表达。记得自己曾经在泰国吃过一种黄色米饭配鸡腿，再加一个椰子，真是回味无穷。没有想到的是，到了香港，再一次吃到，当然还有闻所未闻的各种菜肴，不管你从世界哪个角落来，到香港，你能说出名字，我就能给你找到，满足你的胃口。

在进入包间的那一瞬，我看到一张张桌子上摆放着各种各样的食物，手抓羊肉，牛肉粥，羊肉串，葱爆卷……让人不由得咽口水。其实牛肉馆还真不仅仅是那个后来我们吃了爆了我一裤子的牛肉饼，还有各种美味的菜肴。

心情好时，时间过得也快。不一会儿请客的人，带着一家老小上来了。接着是阿訇，黑先生，梁先生一家，刘先生，黄先生，杨先生……三个桌子坐满了，主人把来宾一个个介绍一番，其实除了我，大家都彼此认识。平日，香港人见面，多讲广东话，但是那天的聚会，则是一帮京片子之间的吆喝，嘻笑和欢闹。不注意自然不会去想，来的人都有一个特点，他们要么是祖上从北京来，要么自己从北京来，要么曾经在北京住过，要么从北京附近的城市来。一个很明显的地区性差别。

后来才明白，这些人不仅仅从地域上有认同，他们在职业上也有着千丝万缕的联系。更为重要的是，他们都是回族穆斯林。信仰的认同，使他们在日常活动中有了一个公共场所，一来二去，彼此熟悉了。还有一点，这些人都彼此有着亲戚关系。有句话说，回回的亲，苦蔓的根。还有说，砸断骨头连着筋。

可能在五十年前，或者更早或者更晚一点，一帮人，也没有经过商量，为了讨生活，先后远离故土北京来香港发展。他们在某种可能的场所相互认识，彼此熟悉了。其实这些都不是自然的，因为人的意识中，寻找老乡的习惯从来都不是装模作样的。有些人认为人与人之间的认同是根基性情感，有些人认为是工具性的理性交往，究竟怎么样呢？人与人之间的交往还真是千变万化，多种多样，非一种现象所能言必。总归，一帮人扎堆，因为与另外一帮人有边界，内聚力，外驱力，共同作用。

这些来自北京的人，在这里相约聚餐，绝对是一种认同。不过我这个编外人士，则是因为更多圈子的认同，西北人。

写了这么多，可不能忘记说吃了什么。写到这儿，我的口水又出来了。好客的人，点了满满一桌。素菜北京黄瓜拌凉皮，吃过吗？烧饼卷肉末，吃过吗？最劲爆的还是牛肉饼。一桌子10个人，一人一个。吃过的知道，轻轻咬开一口，然后才细嚼慢咽。第一次吃，大大一口，汁子外射，不小心溅一脸。还真想再去一次，不过呀，香港的饮食，从来都是价格不菲。三桌子下来，几千块没了。不过现在人习惯的吃完打包，在香港这儿也是毫厘不差。吃不完，全部带走，明天再吃。

可能有些宣传的意味在里面。下次有朋友来香港，可不要忘记联系我，一定带你去吃北京牛肉馆的菜，找回在北京或者在内地的感觉。

哎，其实饭菜都在其次，人，现在吃的是一种文化，一种认同。曾经让我魂牵梦绕的炒面片，每每回家，都想好好吃一大碗。儿时缺衣少食，以为大碗炒面片是今生最大的奢侈。回去真的点上吃了，没有那种味美的感觉，但是这种满足心愿的过程，真是难以尽抒。

那你有没有魂牵梦绕的食品呢?

香港的小巴

从九龙塘出站到北京清真牛肉馆，如果步行差不多得半个小时，坐的士比较贵，起价18港币，十分钟不到的路程，计程表差不多会跳到30港币，还是舍不得。坐巴士还是划算，不过也得5.30港币。

从出站口走出去，往右拐一下，就可以看到很多排列整齐的小巴，用一根根铁杆隔开，人们都井然有序地排成长队，等着时间到点，小巴准时出发。说到香港人的准时，真的不服不行啊。时间不到，绝对不会提前出发，时间到了也不会因为缺几个人而故意站着不走。

我第一次坐小巴，还是有些紧张，外地人的心理作用，连张口问一下坐哪一路都有些矜持，生怕被人回绝或者小瞧。了解香港人的情况，自然不会为此胆怯。见一辆车在，跑过去，敲了敲窗户，司机把门打开问我有什么事情。我把写在纸上的地址给他一看，他微微一笑，指着旁边的25M说，去坐那辆吧，路程近，红灯少。你这辆去吗？去，但是有些绕，你还是去坐那个吧。我半信半疑，有这么傻的人？自己不抢着赚钱，让乘客坐别的车？会不会呢？我走过去，问排在长队里的一位长者。他点头说是啊，这个车快，那个也到的。哦，嗯，我以为香港这个钱世界，没有情感了。很敬慕地看了看那个司机，他也注意到了这边，又是微微一笑，点点头，加起油门，车启动出发了。这边的人，有的低着头想事，有的互相低声谈着什么，有的一只手捂着嘴打着电话生怕吵到别人， 有的手里拿份报纸，当两个人的视线相撞时，他或她，微微一笑，很自然地转向其他。车来了，虽然已接近傍晚，人都急着回家，有的可能孩子或者老人一个在家，回家去照顾他们，有的可能出去度周末，各种各样的行程，不同的目的，作为人的存在，可能就是这样的表现吧。车门打开，司机坐在位子上，乘客很自觉地拿出“八达通”卡，自动刷掉5.30港币，选择一个位子坐下。28个座位，人们一个个按顺序上去，坐下之后，司机站起来看看，还有一个空位，叫外面再上一个。后面还排着长队，门口的人互相谦让一下，说一声谢谢（Mugang），坐上去，司机关上门，里面一下子似乎与外界隔离了，凉爽，安静。

外面还有人等着下一辆车的到来。没有一个人站着，安全第一。车出发了。车上的座椅都用硬塑料包裹了，可能是为了保持干净或者爱护车吧。司机的左手上面挂着一个电子计速表，随着车的速度的变化而变化，为的是让乘客明明白白，一起监督司机，不要超车。旁边的电子收费器标识着多少路程多少钱。车上的乘客也都不认识，各自继续享受着这瞬间的寂静和安宁。有的闭着双眼养神，有的在玩电子玩具，有的在发呆。

司机轻轻报告一下，车要出发了，请抓好扶手。司机放开音乐，车子起到，让人平静盎然。外面的暮色渐渐下来，车子里面暗暗的，霓虹灯这时候开始奔腾起来，被关闭了一天，似乎憋闷了很久的样子，从高楼大厦到路牌广告，都是齐刷刷地闪烁着，各种有意义的符号、字幕、文字、图案，给路人传递着各自的象征特征。车子前行一段时间，在拐弯的时候，司机停下车子，左右看看有没有车过来，不知道他们是否认识，司机都是微微点头，或者挥挥手示意让行等。再过一个丁字路口，司机还是那样，重复着同样的动作，你让我，我让你，整个街道感觉始终很宽敞。

在途经浸会大学的一个拐角处，车过去之后，司机才看到有人在招手，立即停下来，打开门，一个学生模样的孩子跑过来。司机马上道歉，对不起啊，没有看到，对不起，对不起。学生微笑着，摆摆手说，木根要（不要紧，广东话是Mugenyao），然后轻捷地选个位子坐下。

司机突然停下，站过来说，哎，那位先生，你不是要去浸会大学吗，这边进去最近。那乘客连声说几句感谢的话，车继续前行。到我下车的地方，他居然也还记得，说一声先生您到了请下车。

从车上下来，抬头就是北京清真牛肉馆。小巴已经走了，带着下一个乘客在下一站下车，让我突然有了一个很敬慕的想法，是啊，都是司机，他们为什么能够做到这一点呢？暮色中，特别是在有点灯光的情况下，人还是很容易感慨或者激动。看着那辆小巴在暮色中慢慢消失，不知不觉，感慨万千。

香港亲戚

中国传统文化中，对于亲戚朋友的来往走动是特别看重的。什么出门靠朋友，在家靠父母，远亲不如近邻等。对于朋友亲戚的走动，古人也是列出规矩，什么有朋自远方来，不亦乐乎？在走过近百年的英国殖民之后，香港人在这方面是不是也因为统治制度的不同而放弃殆尽了呢？

很早以前就知道自己在香港有个亲戚。来香港之前，曾给亲戚打过电话。电话那头儿叽哩咕噜说了什么我也不懂，总之不是我想象的那么亲，那么近。

时间过得快，没几天就到开学的时候了。再给亲戚打过去，电话也不接了。这是怎么回事呢？我和家里人都百思不得其解，是不是我们得罪人家了？还是人家嫌我们穷了？各种猜测，各种不明白，一家人七嘴八舌地论了一番，没有理出头绪。原本是高高兴兴地去香港的，一点儿也不担心，因为有亲戚嘛，不管怎么说，应该会来接一下，然后送到学校去。种种的设想，最后还是因为联系不上而姑且放下了。

到了香港，开学很久了，也不见亲戚过来看我，更不见来个电话问候。我心里哇凉哇凉的。这人啊，过去还是亲戚呢，现在怎么变得这么快呢？一边独自埋怨着，一边自个儿理着学习生活等方面的事情。

一次与朋友交谈，说起这事。他呵呵一笑说，你不知道香港人的文化和习惯吗？在内地啊，人与人之间最讲究的是什么？亲戚邻居的来往走动啊。只要曾经交往认识，几十年不联系不见面，见面了，一见如故，寒暄不停，还要亲自带着出去游玩，招待的周到满意。为什么这样做呢？中国文化中把礼和情溶解在一个交往体系里。远亲近邻，彼此生活在互相离不开的契合关系中，环环紧扣，彼此依赖。而且，人与人之间把这种关系埋得很深。此时彼时，在长时段里体现人人之间的你来我往。如果一个人，没有几个朋友关系，那应该说是举步维艰的。这种关系好像具有某种辐射功能的圈圈，一层层出去，一层层进来。每个人，每一家都有这么个交往圈，然后在这个圈里面保持存在的规律性。费孝通先生把这种关系总结为差序格局。

长期以来，中国人就依赖这种关系，从小地方的交往与互动，到大地方的串联。20世纪中国人大量从内地向东南亚、欧美诸地流动，完全依靠的就是这种关系。有亲戚在某某地，自然就一个带一个，一家帮一家出去了。这种串联方式，是中国人关系纽带保持和可持续的保障。不管到什么时候，这种关系始终无法折断。这里面隐藏着一种亲属制度里常常提起的宗族、亲属、家族等观念。中国人的姓名，一家人兄弟姐妹彼此的照应，还有孝道等观念，把这种关系一步步扣紧，还有一个就是名声问题。中国人最爱显摆，也最过面子和名声。这也是很多人情愿帮助左邻右舍的原因之一。

好了，把中国人的这层关系说清楚了，再看看香港人吧。香港人，90%都是中国内地过去的。曾经有近70年，香港人的关系网络深层结构没有变化，一层层地套牵起来，有的人以地方性的观念组成一个团体，比如浙江温州同乡会、广东潮州同乡会；有的以宗族观念联系，比如新界文氏家族、李氏家族等；也有生意联谊结盟的；还有以宗教信仰组成的团体等。这些帮派都是一个个彼此重叠的关系。过去，但凡有人从内地来，找认同点，比如我姓马，那就找马家人的网络点，或者我来自青海，那就找青海人的活动场所，还有我是法律界的，法律团体……可以通过不同层级的认同标识找到自己应该属于的圈子。

但是，到了新的世纪，特别是1997年之后大量人口移出，八年十年之后，他们又返回来，在海外生活，许多传统观念中的关系结都被解掉了，人人开始建立了以家庭为单位的个人主义模式（在中国内地现在正在如火如荼地发生着）。怎么才能表现出来呢？过去，有朋友来，定会热情相待，吃饭睡觉旅游一条龙。现在呢？如果不是提前几个礼拜打招呼，说要来，你突然登门拜访，一定是闭门羹，或者找各种借口不见，因为他们感觉你不尊重人啊。再说过去的那种彼此义务权利的关系网系破裂了，人人自我中心，谁还顾得上你呢？

所以，给亲戚说，我来了。他们自然不喜欢。这么多年，从来都不联系，现在用上了，才找，岂有此理。写到这里，想起一位来自荷兰的同学，他说，去美国找亲戚也是一样的感觉。他们都是同门同姓，而且一个院子里面长大的朋友。过去亲如手足，现在去找，居然冷漠谢客，刚开始感觉人情冷漠，匪夷所思。后来了解了人家的习惯和处理事情的方式，才知道个人主义在资本为主的环境中，传统农业社会中的有机联系和彼此依赖，在这里已经不能施展。那么我们出门，会首先跟谁联系呢？

过去，我们说远亲不如近邻。现在很多家庭，隔壁住的是哪一个都不知道，怎么感觉到近邻呢？所以还是看亲戚结构中的关系纽带，毕竟还是亲戚。但是亲戚，如果长期不来往，自然也会君子之交淡如水。

香港人的冷漠，最初让我这个习惯了人际交往的人，感觉到了某种莫可名状的孤独和无助，但是一步步走过去，才感觉到，这种差序格局的打破，有时候也有一定的益处在里面。过去，我们中国社会，有一人飞升，仙及鸡犬的现象。人人都不按规则出牌。你有关系，我用一下，怎么用，送礼。这样滋生了各种腐败。如果真正取缔了这种差序格局的彼此依赖，人们可能更多地会按照能力和本事处理事情，规则和规矩一定有实效。可能这样不过是一种理想模式，千百年来形成的这种铁一般的规则还真不容易打破。

写着写着想起一位香港的朋友。我有一次问他，你在这个位子上，有没有拿过？他很惊讶的问，拿什么？我说额外收入啊。他笑了笑说，老弟啊，怎么可能呢。我一个月八万多的工资，还有一半存在折子里当养老金。我为什么还要贪污呢？没有那个必要吧。你想想，万一抓住了，后半生什么都没有了。再说，已经这么多了，还要干什么啊？哦？啊！嗯！嘿嘿……

我在想，过去中国人有个说法，千里做官，为的是吃穿。香港人，同样是中国人，做官是为了什么呢？当然也是吃穿。

人情冷漠，是需要一种制度作为催化剂和保质期的。完全按照制度行事，再亲热亲近的关系，可能都会有所顾忌。

从新界到港岛

今天去香港湾仔看书展。坐地铁从大学站出发，到九龙塘，不用出站，随着人流漂到观塘线，然后从曾经无数次在香港古惑仔电影中听到的“旺角”下车，倒车到金钟。从旺角到金钟这段路，会感到几分凉意，因为这是地铁是从海底隧道穿过的。但是因为里外包得严严实实，除了有温度降低的感觉，不会有被海水挤压的感觉。这段路过了之后，就算是从新界穿过九龙，走过海道，到了香港岛，简称港岛。为什么要这么泾渭分明地说呢？因为100多年前，英国佬割去了港岛这片土地，新界是后来租借给他们的。记得一位香港老人和我一起走过尖沙咀的老火车站，快到天星码头时，站在高高耸立的老钟前面说，这块地啊，是人家英国人的，到了今天，还立在那儿，不仅仅是他们的荣耀，也是我们子子孙孙都必须铭记的教训，我们曾经被人家欺辱过。相比而言，新界是与深圳罗湖连接在一起，后来发展起来的一片乡野，即使到了今天，也有人戏称我们在乡下读书。

到了港岛，有种进入闹市的感觉，人人步履匆匆，车辆也快了不说，好像很多车子有某种预谋一般，突然从天桥下面串了出来，把整个大街点缀成活动的“游龙”。可能受南粤文化的影响，很多景观都不由自主的与龙啊狮子啊联系起来。车水马龙的闹市，两边都是直立挺拔上百米高的大楼。抬起头，看不到顶，不觉有种眩晕，生怕一阵风来，把那历经风雨的大楼吹掉下来。似乎有些杞人忧天，可能是没有见过这么巍峨的建筑，密密麻麻的样子，真怀念自己家乡那大大的庭院和宽敞的平房、宽大的热炕。

到了金钟，还不能着急出站，因为看书展，最便利的还是去湾仔站。从金钟到湾仔，再过去就是铜锣湾，这条线一直通到柴湾，港岛的另一端。从湾仔下车，就已经感觉到了书展的影响力。怎么说呢，香港人比较喜欢扎堆。我曾仔细思考过，为什么香港人这么容易凑热闹。如果说是英国佬的殖民习俗残余，那就有些离奇了，因为英国人是绝对的个人主义，事不关己，高高挂起。后来我弄明白了，是因为金融都市长期跟股形成的新习惯。香港人的发展，纯粹就是从股票的突飞猛涨中获利而一夜暴富的，那些受益者，更加“欲壑难填”，没有赶上机会的人，更是紧盯双眼，希望下一轮发财机会的桂冠掉到他头上。因此只要有个如此这般的机会，香港人都会忙里偷闲，出来看个究竟，体验自己参与的主体能动性。

参加湾仔的书展也是一样。还没有出站，前前后后都已经为人所困，人潮涌动，真正感受到了什么是摩肩接踵。因为甲型流感的迹象犹在，我自己先是胆战心惊地戴着口罩，不过我也看到很多人草木皆兵地把自己包裹着。即便如此，参加书展的愿望不能因为可能致命的病毒阻挡。所以，在经过湾仔大桥到书展的路上，稍微转身看过去，五颜六色的口罩在人头攒动中，形成了许多不断组合的马赛克拼图。

走在这条大桥上，路两边不时会有人递过来一页广告，什么洗澡啊，按摩啊，乱七八糟的东西，让我看了就火冒三丈，但是再看看那些凌弱的发信息者，他们不是失明，就是失聪的弱能人士。这是他们维生的方式，我们何必拿其当回事儿。也有人会递过来什么健身房的年票，餐厅的折扣券。当然也有令人匪夷所思的事情，很多人会拿曾经逝去的人来作为幌子，企图谋财获利，这是不可接受的。

走过天桥，因为熙熙攘攘的人群已经让我精疲力竭，汗流满面。于是站在大桥的这一段，一边休息，一边看着来来往往的人，不知道是为利而去，还是因利而回呢？

我们每一个人，生活在一种制度里面，也生活在一套文化系统里面。从生下来，我们就在文化、社会的熏染下成长，同时自己也在自觉不自觉地作出各种调试，在这些多重因素多层级的影响下，把我们变成了这个样子，什么样子呢？不妨走到镜子前面看看。我要说的是，因为这种情况，我们都无意识地对进入视野的事象做出判断。比如一个比较肥胖的女人过来，很多人从眼神中就能看出一些对这位女性的不满。为什么呢？是因为在当下这个环境这些人当中流行消瘦。因为那个女性的庞大，人们就会更为离奇地认为，外表不好的女人智力就应该低，于是就容易滋生一系列的误读。把一个正常刻苦的学生因为话语镇压而半途而废。

香港人怎么样？人对异地异文化的想象，往往是来自不同的信息源。就是这些信息源，往往左右着我们对一个群体、一个地方、一帮人的看法。这些似乎平淡无奇的看法，威力无穷，有时候可以左右我们，产生固定不变的看法，甚至伤害人。

人的触角是很灵敏的。当进入一个新环境，初来乍到，人用灵敏的触角去探索周围，去感受新环境，不知道朋友们有没有过这样的经历。我们在原来生活的地方，时间久了，把周围的一切都认为是必然或者当然的存在，而且这些存在会被当地人看成既定的法则。这些法则被墨守成规地实践和运行着，从来没有人去怀疑它的真或假，也没有人去挑战其存在的合理性，因为它本身的无意识出现，给触角灵敏的人，带来的不仅仅是调适，还有毫无置疑地接受。在兰州生活习惯的人，早晨起来一碗牛肉面，一个茶鸡蛋。若不够，再加一份牛肉，或者一个大饼。这种习惯性的早餐，兰州人从来没有觉得有什么不好。也没有人去探询，究竟从哪一代人，从什么时候开始有了这种吃法，似乎没有必要，一种习惯，长期被实践，自然成了一种为众人所接受的方式。当然，北京人有自己的豆腐脑，东北人有卷大葱。这些本土文化往往在本地，因为没有遇到可以对比的，常常觉得没有什么奇怪。可是一旦到了异地，差异就马上表现出来了，因为对故地的适应和习以为常，对新地的感觉反而就有了一种抵触，最轻微的就是去调适。强烈一些的，就会因为这种差异性而怪怪地生出某种厌倦、厌烦。很多人都会问，怎么回事啊？出门就感觉难受。不去想，就感觉是外在环境在起作用，其实呢，因为人本身的位移，外在自然环境的确起了一定的作用，但是其核心，其实质还是来自人所在的环境印套在人身上的生存法则在起作用。

我是一个习惯了在北方生活的人。春夏秋冬，四季分明。气候干燥，人们以面食为主。祖祖辈辈都喜欢南河滩小二桥那边的羊杂碎。习以为常，虽然油腻，但是这种感觉正好迎合了干燥的天气。在外面人看来难以下咽的羊内脏、干蹄子、硬舌头，我们却吃得津津有味不说，还有了瘾，一顿不吃，浑身不适。到了南方，可是另外一种大相径庭的感觉。南方人早餐吃什么我还真不好讲，初来乍到，四处陌生，即使过了两年，仍不知。香港这个地方，应该说有了一些新的感受。

英国不仅在此埋下制度，还把许多生存法则置入人的大脑。很多西点玩意儿都被香港人有意无意地实践着。吃饭的规则倒是没有什么，香港人的客气和礼貌，我想绝对不是英国佬的习惯。

从拥挤的街道走过，一位长者，老态龙钟，拉着一个木箱，嘭！撞了一下，他很自然地说一声sorry，不假思索。闻者和颜悦色，更是客气，马上微微鞠躬，双手合十，对不住了，请原谅等等的话就出来了。两位因为这么一撞，不是立刻大骂互相攻击，而是恭恭敬敬地道歉。不习惯的人还以为彼此作秀，知道的人都习以为常，因为他们的确是这么生活和处理日间事务的。一夜台风过去，整个马路上都是断枝残叶。几位劳工细心清扫，慢慢走过去，他们停下手中的活儿，抬起头微微一笑，再轻轻点点头，让人感觉惬意而舒服，人啊，怎么就如此客气与和蔼呢？有一次，从电梯走上去，人们都很是规矩地靠右站着，一个个缩着身子，生怕不小心挡了路。万一碰着，立刻道歉，给人一种自我歉意。去买东西，收银员小心翼翼，数钱结账。完了，把开销的内容整整齐齐清清楚楚地拿给你看，然后微微鞠躬说，木杠塞（广东话谢谢）。这些客气从来都不会让人感觉矫揉造作或者虚假绵延，毕竟他们把客气当作工作中的必然任务之一。

路不拾遗

那年刚进中文大学，8月的香港，如在人间桑拿中蒸，汗流满面，湿透全身。虽然下着细雨，有些清爽，但感觉不到凉快。和炳权兄，一位内地来的学友，沿着图书馆路去拿书，遇到了几件事，至今记忆犹新。我相信在大陆，我们不会有这样的高尚，人都说环境塑造人、影响人并引导人。我们在医学大楼的拐弯处，看到一个遗落在地上的笔盒，帆布做的那种米奇图案的，真的很好看。我弯腰捡起来，准备打开，已经在中文大学攻读学位两年的炳权兄对我说，放到原地或者捡起放在窗户上吧，不要打开。我说看上去挺好看的，不知道谁丢了，我们不捡，后面路过的人肯定会捡走。他说不会的。中文大学有个好习惯，其实是集体养成的，叫路不拾遗。不管是谁，也不论是怎么丢的，也不管是什么东西，丢在路上，都是不要捡起占为已有，因为丢东西的人说不定会返回来找呢，我们拿走，或者放到他看不到的地方，他一定会很着急。丢失的东西，说不定对他特别重要，对我们来说毫无意义，所以呢，一定要在中文大学养成路不拾遗的好习惯，可不能因为一点小利益占为己有而损害了他人的利益。炳权兄语重心长的教诲，让我在后来的五年当中，的确养成和坚守着这一美德，这样的行为，不仅帮助他人，也保护了自己。好多次，在中文大学的不同地方，都遇到过这样的事情，譬如丢掉了八达通卡、学生证、钱包、手机等，中大学子似乎都有了一个共识，即路不拾遗。这样的好习惯迄今还在坚持和流行，成了塑造一个人人品和欲望的好规则。

人们都在说，“人在做，天（主）在看”，这是一种宗教的约束，强调人的行为，本来只是自己知道，如果加一些无形约束力，自然会有所矜持和限制地去做事。我们还有句话是，“若要人不知，除非己莫为”，也是讲天下之事，总有一天会真相大白于天下。道德感的形塑，的确离不开环境。在刚刚开始训练这种素质时，我们在大陆的日子真的是奇缺类型，尤其在物质方面，总有一种占为己有的冲动，但是手握中大学子的学生证，那种贪欲马上就没有了。除了自我约束，那种环境感，还有处处贴出的标语，都是很好的引导。在大陆，这样的好现象不多。中大的几所图书馆门口有一些专门放置雨伞的架子，来来去去的人不可以把湿漉漉的雨伞带进图书馆，在其他公共场所都一样，随便顺手放在上面就可以了，进去办事，出来再拿。起初我还有些担心呢，刚刚买来的雨伞，放在门口，很容易被顺手牵羊。但事实是，从来没有丢失过，而且也从来没有见到有人怨天尤人地诅咒有些人不自觉带走了他的雨伞。相信在大陆，这样的约束力是没有的，一件东西放在那儿，一会儿就不翼而飞，而在这个环境，同样有着大量内地学生攻读的地方，没有人会去贪便宜。雨伞没有人随便拿。去餐厅更是让人记忆深刻。打完饭，后面有一个饮料台，自觉交钱，自助选饮品。那边的确有个监督人员，但是他从来都不会一个个盯着，选择自己喜欢的，自己来。台面上摆着各种汽水和红豆冰，还有凉水。炎热的天气，光吃饭还不够，还得加上冷饮才解渴过瘾。我的确仔细观察过很多次，没有人会因为4港币而去不埋单就拿冷饮。这似乎也是一种无形的跟踪一样，交钱的拿汽水或者红豆冰，没有的选择凉水，井然有序，自己选择，监督人员却坐在一边打瞌睡。这样的好习惯也是自我约束与环境共同影响形成的。

其实人是需要一个美好环境来实现自我约束的。后来和炳权兄谈这些事，他说环境对于人的影响以及大家的共同趋优心理促成了道德优化，因为人人都在做好事，一个人的恶只是经验的缺失，坚持从良，还是能够实现共同的提高。

路不拾遗的经历后来还出现过多次，中大人都不会因为被丢掉而见钱眼开，因为这是中大人总体素质的体现。现在想想，我们何以能够让一个美好的环境中有着一帮有素质的人呢？相信需要大家的齐心协力。

不喜欢去超市

其实去超市，真的会滋生一种自我优越感，看到琳琅满目的商品，再看看那些穿戴整齐的服务人员，还有干净卫生的地板，清楚标明的价码等，进入超市，总有一种自信、自满、自足和自傲感，因为在这里，你可以感觉，自己在享受一种特殊的待遇，有一种被服务的感觉。在移民区调研，经常会遇到乡亲们要去赶集的集体性出发，问明原因，原来是他们要去浪街（西北方言，即逛街），去看东西，增长见识。去哪儿？他们会选择去在宁大附近的宁阳店，去看新华百货的商品，有时候可能没有能够去买，但是进入那个优雅环境的感觉还是很好。就是在这样的环境背景下，诱引出他们宁愿多出钱，也要去超市。还有一个说法就是，城市里的让人放心，放在超市里的更放心。

我以前有过去超市买东西的经历，买出来问街摊上相同物品的价格，街摊上的东西，价格便宜而且质量上乘。出来问了就后悔，为什么不在街摊上买呢？穷怕了的我们，突然有了一种被尊重的感觉，宁可挨宰，也不试着去节约。大商场、超市都是集约与垄断的地方，是专权和迫使气味比较浓重的地方，为什么这么讲呢？

日常生活中，我们生活在熟人社会当中。在一个熟人社会中，用一种彼此的信任而交往，不必担心质量，也不必担心数量。彼此的诚信契约使人们能够在公平的基础上往来。这是其一，其二是购物销售买卖，在熟人社会，不是简单的利润获取，还有彼此之间的人性化交往，相互倾诉，互相问候等，在彼此的熟知背景下，形成一种活生生的往来关系。但是在大超市、大商场，尽管也是与人交往，但是这种交往根本没有熟悉的过程，交流对象就像自动生产线上的一个固定配件一样，不会有人情味，也不会有互动过程中的价格浮动，是多少就是多少，一分钱不会少。集约化背景下的产品，我们只是选购了，明明知道价格高，享受了购物的过程，丧失的却是人情温暖。

记得在香港，学校门口有个“7-11店”，那里的面包和鸡蛋味道特别，生活数年，几乎天天在那里买早餐，店里轮流值班的就那么几个人。进去、选购、排队、结账，在欢迎光临和请慢走的机械式语词中，买了东西走人。本以为多次的交往已经熟悉，在另外一个地方见到一位店员，我以为他已经认识了我，过去跟他打招呼，他莫名其妙地问我，我都不知道你是哪位？当时真是尴尬窘迫了，后来想明白，在这样的小店，同样采取的是流水线作业，售货结账人员，根本就不会与人相熟，他们只不过是老板的一个员工，销售的好坏他们根本不管，因为工资固定，销售稳定，相安无事。另外，在高度全球化的大都市，他们接受的教育也是与情景式社会紧密相关。不要与陌生人说话、人人自危和高节奏的社会不需要慢腾腾地诉说等，使人们即使无数次的面对面，没有正式的接受和交流，还同样形同陌路。7-11店里有个习惯，每周都会在固定的日子打折，譬如周一进的面包，上面写着“在某某之前食用最佳”，到了周三下午，卖不掉的就得半价处理。原来14港币一块的面包，上面贴着黄色标签，表明半价出售。我当时以为，标明周五之前食用最佳，周三半价自然没有问题，高兴地买上回去放到冰箱里，吃好几天都没有问题。同样在百佳超市，也会在固定的时间打折。我以为这是老板的善举，试图去表示谢意，却找不到要感谢的对象。一个个绷着脸的服务员，根本就是为了拿自己的工资才工作，我去感谢他们，他们反而会觉得匪夷所思或者莫名其妙。习惯了才知道，这是一种垄断契约，是一种缓解垄断压力的表面做法，不然穷人该如何生存？只有通过这种打折的方式，才能让底层民众感受到福利，才不会因为过度的昂贵而走上奔溃和饥饿的边缘。这个社会中尽管如此的冷冰冰，运行过程中的契约和制度，使人们不会极端行事，譬如我以为面包打折，机会难得，看到四五袋，自己一下子全包了，生怕被别人抢走，拿到收银台埋单，服务员说一个人不可以买这么多打折的，最多两袋。我问为什么，她们一脸冷漠地说，你给后面的人也留点吧，一个人便宜买走不好。那你们不担心卖不完吗？没事啊，老板的东西，但是规定就是规定，不允许一个人都把便宜抢走。同样的事情在其他超市也出现过。后来熟悉了，才明白这种关系，也是传统遗留的精华，不能一个人把好处全弄走。而我们熟悉的文化环境里，这种有节制有限制做法并没有得到提倡，所以往往不会让人感觉到这种冷漠中也有人性化的存在。

还有一个很好的例子，那就是去买奶粉。大陆人对奶粉怕到了极点，不惜代价地去香港购买，却被告知只能带两罐。好不容易在长长的付款队伍中到了前台，没有办法，只能一次。变通的方式是，只要后面的人同意，你还可以多带一罐。我们的文化生态是，各人自扫门前雪，以为机会难得就可以疯狂抢购，结果来了一个这样的政策。香港人不愿直白地批评，后来见我们贪婪到如此地步，就直接说了，你们大陆不管不顾别人的情绪，反正自己逮住机会就不顾一切，太自私了。你一个人买走了奶粉，后面的人怎么办？万一某人家里的小孩刚好也在吃同样的奶粉，也刚好需要买，你一个人占走了，他们该怎么办？为什么不为他们多考虑一些呢？

其实我说了两个方面的事情，熟人社会中的人情关系和集约化社会的交往契约。我们生活的熟人社会，彼此因为亲情感而不仅仅是买卖关系，还有寒暄问候甚至到交往帮忙，总觉得自己不是一个人，有着一帮人共同约束限制地活在一起。这种社会关系中，人都有一种精神支柱和心灵的守望，总会想方设法地用面子、用亲情来维护这种关系。而在集约化社会，人完全靠制度来维护和运作，制度怎么安排就怎么来，关系怎么样都没关系无所谓，因为不能因为关系而破例。

这是人情关系，如果从疼惜、照顾和人气的角度考虑，去街摊小贩那里进行买卖往来，会更加浓情一些，因为你的购买使他们有些收获，因为你们的往来使你们彼此熟悉了，当然杀熟的例子也是屡见不鲜，使他们不会陷入垄断的悲剧当中。街摊小贩那里的产品物美价廉，对于自己也是赏心悦目，何乐而不为？但是中国社会的熟人亲情诚信关系遭到破坏之后，人们不会信任街摊小贩，认为他们总会在短斤少两中欺骗，宁愿去大超市挨宰，也不愿上小商贩的当。这就是当前比较尴尬的事情。

我家门口有个老人卖水果。他推着小车，我经常出入打招呼也买些水果回家，他见面也是热情招呼。购买的时候，总觉得在占他的便宜，他的水果价格便宜，秤不会出问题，秤完还会放一个进去。有一次过来，一位好事的老太太和水果摊小贩吵起来了，原来这人弄个八两秤，被老太太识破，弄得脸面全无威信扫地。后来一传十十传百，大家都知道了他的恶行，购买者寥寥无几，他坚持摆摊，重新树立威信，继续买卖。见了我还是像往常的微笑和招呼，我们回归到了常态，估计他也是作茧自缚，接受惩罚。熟人社会这样，陌生人的环境里，他们可能打一枪换一个地方。无论如何，在都市化的过程中，在高度垄断和集约化的过程中，我们还是竭尽全力地去维护一下吧，从底层看齐，为弱者考虑，让他们也在生活中有个活头，总不能见死不救。生活中，人与人在互相认识中慢慢往来，保持着人情味，活得不孤单。

我在移民区也经历过这样的事情。老太太说，要是在老家，几个馒头，几个水萝卜算什么啊，随便拿走，在这个移民区，可是六亲不认啊，白白送人简直是白日梦。根本不可能，她悲戚地说，人穷得眼里只有钱了，什么都钱钱钱，根本不会去考虑往来过程中，谁都会有个头痛脑热，你一个人都不交往熟悉，万一有个事情该怎么办啊？说的也是，孤零零、光秃秃地活着，有意义吗？

背运奶粉的记忆

孩子2010年出生，孩子他妈没有奶水，我担心在这边买的奶粉不安全，就先让在香港的朋友给我寄几罐，方法是让他用信用卡先刷了，然后利用周末的时间，用拉杆箱，经过罗湖口岸，然后在中铁快运发过来，刨去所有额外开支，包括港币人民币差价，邮寄费等，从香港买的奶粉还要便宜近50元，相比而言，真是物美价廉，同时也放心啊。就这样，一旦开始，不可收拾，两年多断奶前，一直都通过这种方式运送，后来也有很多朋友闻听，我也欣然同意，粗略计算一下，应该有很多桶呢。其实这样的计算意义不大，我来说说我是怎么购买奶粉的。

香港是一个很给人留余地的社会。拿购买奶粉来说，一般在惠康、百佳等超市都有奶粉，供给香港孩子每天食用。购买时，应该是一次一罐，吃完再买，囤积意义不大，因为货源充足。香港人也很讲道理，他们的观念是，一罐足矣，再多买，那其他孩子吃什么呢？还是讲点良心和道义吧。就这样，他们安心放心地有着供给。超市也是一样，不需要担心什么，人们都是有秩序讲道理地过日子，也不必出台什么政策和规定。

内地出现毒奶粉事件之后，我知道香港出现了两大危机，其实这些都不是香港民众反映并行动的。超市看不到国产奶粉了，平日我们爱喝的蒙牛、伊利全部下架，新西兰的几种奶粉马上占了货架。民众本来对内地牛奶兴趣不大，这样正合他们的要求。很多内地人来香港，开始在各个有奶粉的地方抢购了。大型超市不会跟风攫取，还是照常营业，而许多私家药房却趁此赚钱，比如在我生活的大浦的几个药店门口开始堆积不同品牌、不同段的奶粉，价格却比超市便宜。药房的奶粉很快被一扫而光，据一位店员说，老板赚了很多。而在大型超市，应该说是香港人比较放心的店，奶粉没有被囤积不说，还出现了限购令，即每个人最多只能买三罐。为什么会这样？一位店员很不客气地说，都是内地人不讲道理，来了疯抢，连香港人都感到危机，他们的孩子没有奶粉喝。超市老板比较讲道理，不会见利忘义，不仅没有借此发财，反而对销售有了限制，一方面照顾到大众，另一方面也是香港道义，不能发小朋友饮食财。香港人本来过一种有秩序的生活，奶粉，用得着的人，一人一罐，孩子够吃，吃完再买。内地人来了，大量求购，希望能一扫而光，自己直接拉杆箱运回，要么囤积供自己的孩子食用，要么转手卖掉赚钱，因为这，出现了很多奶粉贩子，他们两地自由行，来来回回地用推车贩卖，还发了一笔财。

香港大型超市没有见利忘义，却又提出新规定，的确是香港道义的真实表现。诚如一位香港老人所言，我们生活在实在的我为人人，人人为我的社会。奶粉就是一个很好的例子。但是他不明白为什么内地人那么不讲道理，在孩子的口粮上搞竞争、搞外快，真的没必要。不过内地人也有自己的道理和办法。国内饮食危机，很多孩子等着喝奶，国内不放心，求助香港自然合理。不过做法还是有些违背香港道义和规则。有了规定之后，应对的方式也是匪夷所思的。我清楚地记得一位香港超市女员工皱着眉头说，内地人真是不懂规矩，拉帮结派地买奶粉。规定每个人只能带三罐，他们就四五个人一起买，把超市的奶粉买到断货才罢休。有些人反复排队反复购买。香港女员工摇着头说，良心哪里去了？你都买走了，其他孩子要不要吃？难怪香港人有危机感，他们也不得不再多买一些放在家里，以防万一。还有更加绝望的做法，内地人三五成群地买奶粉，这家进去那家出来，但凡有买奶粉的，都给它来个超级抢购团，像炒作什么一样。买好之后，一起上地铁，用推车装好，运到深圳，然后分发全国。那时候是不限制的，来来回回，只要能过两边的海关就可以。随行的人，可以在香港旅游购物，来回有人出资，还能赚取外快，他们乐此不疲，尤其上了年龄的人，更是乐意这么空手白赚。香港人看到这样的超级抢购，他们的确怕了。

都是中国人怕什么？香港人做事情讲余地，你这么做，有没有为别人考虑？内地人自然也这么想，但是实践方面呢？我是提出质疑的。香港人在奶粉方面的做法，我是赞同的。他们受到内地恐慌的影响，也不由自主地去囤积。在其他方面也是，不做一一解释。那么现在香港政府这种限购禁令，是不是政治原因？我认为不能完全用政治的思路去想问题，应该还有在经济和文化生活方面的考虑。

经济方面，很多人可能因为大量需求，出现以次充好的现象，出现一些买卖人的不择手段，也出现了市场的恶意竞争。日常生活因为疯抢奶粉给打乱了。香港人戏虐内地人为蝗虫，我当时听了气愤，后来慢慢理解，也是一种不满和泄愤的表达。内地人三五成群地在一起，从尖沙咀到上水，从旺角到荃湾，有超市的地方，有药店的地方，都留下他们的足迹。很多香港人也因此而加入到这个行业，他们只是靠手指和回乡证就可以自由通行。来来回回带上十罐奶粉，赚五百块，吃饭、洗脚、按摩等都够了。

奶粉限购，用严格的方式惩罚，一定是香港本地出现了很多问题，譬如港人购买难，日常生活的道义扰乱，香港人也出现不择手段者，来来回回的走私带来的损失等共同作用，使香港政府采取严格做法。我也是根据自己的经历和感受写出来的，不对的地方，请修正。

印尼女佣的泪水

在太和站上车，早出上班的人很多，拥挤不堪。我面对车门站着，听到后面有凄凄楚楚的哭声，转身一看，一对来自印尼的姐妹，头戴围巾，一身长袍，互相抱着哭泣，稍微显得大一点的不停地帮小点的擦眼泪。小点的女孩哭得更加伤心了。她们彼此抱得更紧了，还真不知道发生了什么事情。她们留着泪用家乡的语言互相倾诉着，我在她们流利的语速中听到Romandan，可能因为宗教认同吧，我竟忍不住转过身问她们怎么了？道一声色俩目，她们先是矜持地看了我一眼，见我说穆斯林之间的问候语，她们似乎找到了一种可以保护的人一样，微微一笑，刚刚上车的那种惊恐减少了些许。究竟怎么了呢？我没有着急地去问个究竟，先问问她们去哪里？她们说去大埔墟找人诉苦。我说可以下车一起聊聊吗？然后我极为真诚地说，都是穆斯林兄弟姐妹，有什么事情交流交流，如果能帮到忙最好。

她们顿了顿，互相看看，答应我不出站，在大埔墟站台上找个椅子简单交流一下。

原来这两个是一家出来的亲姊妹，从印尼爪哇岛来香港做家庭佣人的。这对姐妹都是虔诚的穆斯林，来香港不到一年，这是她们第一次面临斋月。来工作了几个月，她们遇到过一些问题。首先是语言，她们在来之前已经刻苦练习过广东话，也知道会有一些问题。姐妹两个在不同的家庭工作，姐姐这一家还行，一对夫妻加一个孩子。妹妹得照顾两个老人和一对上学的孙子。这些都不重要，最为难的是，这家主人每餐都要吃几块猪肉。这两个连看到猪肉都会觉得有些恶心的姐妹怎么能够去亲手做呢？在她们的生活环境里，从小就没有接触过，身边的人都在给她们讲这种肉的不好。而且来之前，也再三被提醒，去了一定不要吃，实在没有办法，可以做。真主是宽容慈悯的，为了讨个生活，还得去适应。所以在香港，她们先是接触尽量不靠近，后来没有办法还是三餐都给做。就这样过了几个月。

斋月到了，小妹妹遇到了难处。她们长这么大，还从来没有丢过一天斋戒呢，30天的斋，一定要特别仔细地完成义务。本来她们打算回去过完斋月再来。可是房东和老板都建议别回去，再说这时候回去机票也很贵。就这样她们决定在香港过斋月封斋。可封斋是要时间的。她们忙着家里的一日三餐，怎么能够封斋呢？

第一天她四点多起来吃东西，吵醒了房东，以为她在偷东西，狠狠地骂了她一顿。她委屈地只能哭泣。第二天房东检查了整个房间，也检查了她的房间和行李，担心她会私下藏了什么。她没有办法解释。她想说这是穆斯林的斋月，需要每天早点起来，白天不能吃东西。由于文化的差异，房东根本听不进去。第二天、第三天，她都是在自己的房间偷偷啃几口面包斋戒的。白天干活儿，特别累，她受不了，想休息，房东则认为她懒惰。她实在受不了，只好哭着找姐姐诉苦。

其实姐姐何曾不是这样的呢，她也是虔诚地封斋，白天却遇到房东安排的东西吃。她说斋戒，不能吃，房东则生气地不理睬她。姐妹俩问我该怎么办？我真的不知道该怎么办。真的，出门在外的姐妹，真是受苦啦。希望她们能够找到穆斯林家庭或者了解穆斯林的家庭吧。

我说别着急，你们互相见面聊聊，尽量找些资料，拿着给房东看看，兴许会了解的。我给她们写了地址，珍重地道一声再见。她们走了，前往红磡的列车也过来了，我在跳上去的瞬间，我突然想，其实这不是一两个人的问题啊，香港有近12万来自印尼和菲律宾的穆斯林女佣。她们也一定有着相同的问题。希望能够多沟通多解释，让更多人知道斋戒不是神秘的，只是穆斯林日常生活中的一种对信仰的表达。

在朋友的婚礼上

Amin是我在香港结识的像弟兄一样的朋友，平时虽然疏于联络，到了周五定会相见，互相打个招呼，问候一下，知道各自忙碌，不过这一天的见面，是一种互相的监督，也是一种鼓励和见证。如果某一个周五没有去，定会来个电话问，兄弟怎么没有来？病了还是？质问加问候，如实一说并无大碍，继续过着各自的日子，一起算着时间慢慢变老。

一年前的一个周五，看着他瘦了一圈，以为他忙于工作或者因为他胃疼，不好好吃饭，总归是吃了大力的样子。本不该问人家家长里短的事情，不过是自家兄弟，问也无恙。他说本不想给任何人说的，这不既然兄弟问起，我就说出一二。他说了自己离婚分财产的事情。原因是现代社会，人与人交往和沟通的方式过于宽泛，闲来无事的人，通过网络媒体facebook、

QQ等认识人，然后私下交流熟悉认识等，他的太太因此而认识了别人，然后一去不复回。既然是这样啦，就放开手，酸甜苦辣，自己去品尝。

昨天下午，突然接到他的电话。他是非常客气的人，兄弟我今晚结婚，可能这段时间不能联络你。哦？那你为什么不告诉我啊？我去祝福你。他说我是再婚，低调一些比较好。我问明情况，放下手中的活儿，亲自为他见证合法的婚姻。

见了面，他说自己不是那种像年轻人那样为了那个而结婚的，希望找一个能够和他一起过日子的人，就这样认识了现在这个女孩。虔诚敬意的信仰，使他坚守主道，他们虽然认识将近半年，但是连手都不曾相牵，因为他们还没有进行宗教合法的仪式。今晚，他要我们几个朋友一起为他和太太做个见证。

这样的婚礼真实而简单。他请来阿訇，然后加我们三个见证人，还有他们夫妻，总共6人，顺利完成了一个简单而纯真的婚礼。阿訇先让他们说出彼此的认识过程，然后让他们亲口表达对自己和对方在婚姻中的责任和义务。两个人表述完成之后，阿訇让我的朋友必须准备好“彩礼”，这部分礼金是给女子专门存放在银行中不许动的，是婚姻的保护金，也是女子自己用于支配的私房钱。伊斯兰文化婚姻制度中，有着这样的要求，男子必须准备好足够的彩礼，直接交付女子，他不得使用这笔钱。朋友现场答应给太太两万港币的彩礼金，然后说出自己的承诺。

还有一个环节，因为女子的父母不在身边，阿訇就委任我做临时的哥哥，代表女子的父母把女儿许配给我的朋友，我就这样当了一次娘家人。我说我代表女子的父母及家人，把她许配给你，你愿意疼惜爱戴她吗？朋友微笑着说，愿意愿意。阿訇说完成了这个环节，那我们就用安拉乎的语言使你们的婚姻合法。合法的婚姻需要伊斯兰的“尼卡哈”。念完尼卡哈，我们向一对新人做了祝福。这样，他们就成了合法的夫妻。两个人彼此看看，期待已久的两只手握在一起，看着他们彼此恩爱幸福的样子，我们几个见证人都满意地为他们送上祝福。

我们几个人一起吃饭聊天的时候，看到他们急不可待的样子，彼此使个眼神，决定马上散席回家，让他们去忙吧，毕竟天色已晚，一对新人尚未入洞房，我们可不能不自觉地坐在这里，让人家等得难受。

简单而正式的婚姻，不浪费不夸张，不张扬不隐蔽，相信今夜月光明亮，让他们更加甜蜜享受漫长等待好在一起的日子。为他们祝福，为他们祈祷。

小商贩的生存空间

晚上10点左右回家，从太和站出来，下电梯，在街区与商场的入口处，总会看到一位长者，戴着一顶帽子，坐在一把木椅上，身边放着一台小型收音机，耳机塞在一个耳朵里，手里拿着一沓报纸。头几次见到，以为这位老人像内地有些自行车停车场一样，老人是专门看车的。原来生活环境的习惯性文化，也不自觉地带到香港。当我问一个香港朋友老人的情况，并把自己猜测的看车人的想法给他说，他瞪大眼睛哈哈大笑，香港没有坐在路边看自行车收钱的。他是卖东西的。我没有看到他身边放什么东西，更有些匪夷所思。他让我再多观察观察。

有一天回去，大概晚上11点了，老人还是坐在那里，借着路灯光看报纸。我走到跟前，打个招呼。老人立刻放下手中的报纸，问我要什么？我不是很会讲广东话，他普通话也讲不多，看来沟通有些困难。我试着用蹩脚的广东话给他说自己想与他交流，不知道从哪个地方走过来一位老太太，笑嘻嘻地问我，先生你要什么？普通话说的字正腔圆，我以为是内地来的老人，要帮我做翻译。她说，先生不懂普通话，来香港七十多年了，她年轻时在内地，来香港才学了广东话，所以讲普通话没有问题。

我们在交谈的过程中得知，这对夫妇在这里出售被香港叫作“糖水”其实就是内地的各种粥，冷的热的，红豆绿豆皮蛋等。以前在大埔墟的界面上喝过各种糖水，我也是有些了解。问价格，她说一盒十文（港币10元），我拿出十块钱硬币给她，要了一盒冻绿豆汤。当我想跟她进去拿时，她说别进去，我在这里等就可以了。出于买卖的规则，我没有再强求，只好继续用生硬的话跟老人交流。老人笑着，一口牙齿都已掉光，一脸祥和，很想和我交谈，但是又不易明白，他试图用比划的方式传递信息给我。不到一分钟，老太太脚步轻健地走了过来，手里提着一个塑料袋，里面装了有一个白色泡沫做的圆形小盒，上面放一个小勺子。

老太太说着感谢的话递给我。我在接过时问是否可以和我聊聊。老人欣然同意。她说夫妻两个在这里卖糖水已经风风雨雨二十几个年头了。他们以前曾在街市租房卖糖水，后来房价与日俱增，难以负担，而且他们这个小本生意也是薄利多销，实在难以支撑，就选择了这样一种营生。刚开始，他们在路边放一个牌子，推个小车停在路边，每每路人经过，有需要的都会过来买上一盒回去做夜宵。香港人白天工作忙碌，下午茶用过之后，就再没有时间吃饭，回来买一个糖水喝喝，也算一顿饭。以前在店里的生意，被他们搬出来反而有了活路，因为没有房租，他们比在店里卖的便宜，所以在外面感觉更有市场，比在店里还卖得快、赚得多。

说到这一点，老人有些为自己的创意感动骄傲的笑容。她说老公起初觉得丢不下脸面，怎么能在街上卖呢。他一万个不愿意。她给他开窍说，你就出来坐着，她来卖。于是就有了前面提到的方式，老人坐在路边看东西，她则推着小车，立个牌子，来人就卖，卖完回家。有时候快，不到11点就全部出售，有时候熬到一两点还要剩下几盒，就这样一卖就是二十几年。

有收获吗？我没有敢直接问她赚了多少钱。她说还行，以前他们住得比较远，后来申请到了公屋，日子就这样能过下去了，也帮助子女读书安家。现在他们都各自独立生活了。

那你们还不休息，不缺钱花，还费这个工夫。实话说，我这样提问，真的是不懂长者的生活理念和人在生活中养成的习惯。做惯了一件事，如果不去做而赋闲在家，那是很难受的。在我提出这个问题时，老人说，闲待在家里等死啊，子女也说不让干，但是我们在家里无所事事的，感觉像个没有用处的人，那样活着还有什么意思。我们两个决定坚决不放弃，就把它当作我们的一个生活方式，而不是赚钱谋利的目的。

我不停地点着头，想起香港制度中，对于摆小摊做零售的禁止。在小地方曾经完全依附于本地人所形成的交易圈，在香港也传承多年。不过在全球化和市场垄断的竞争过程中，那些小商贩还是最后没有利润而关门倒闭。大超市琳琅满目的货品不仅选择多样，而且比私人小店的价格低，所以在强烈的市场竞争中，小店自然没有存在之力。

这对老人何以能够在此立住脚步？我继续问她。老人也不遮掩。她说刚刚走出来摆摊没多久就出了政策，不允许私自在外设点，抓住要重罚。他们就不再立牌子，听到有城管过来，他们则快速撤退。后来还是被城管抓到，见两位老人没有其他营生为计，就放过他们，让他们想办法找店挂牌经营。他们知道那是做不久的。他们想了一个变通的方式，就是现在这种，让老人在路边坐在椅子上作为信号，她则坐在对面，把糖水放到里面隐蔽的地方。有人要，就到里面去拿，没有人要，他们就坐着休息。万一遇到城管检查，他们则选择离开而不承认那是他们的东西，没有证据，找不到屋主，自然会不了了之。就用这种办法，他们一天天地经营着。周围住宅区的人知道这一点后，每次路过，见老人端坐，便知道还有夜宵糖水喝，走到跟前，递给老人十文，然后说要什么，对面老太太会意，进去拿出来，交易完成。

附近的住户都非常善良，老人说，他们都在帮这两位老人。有些人主动把报纸给他们，有时候还给他们一些礼物。他们总有感恩之心，可能有些人晚上不需要糖水，但是看到他们在，还是要一盒。那有没有真正被城管逮住过？我用一种曾经在内地了解的城管形象问她。

她说，香港虽然是法制社会，也给这些人生存空间。从刚开始的完全禁止到后来的睁一只眼闭一只眼，默认了这种交易的存在。我的脑子里出现了那些城管乘机揩油，虽然不抓，总会来吃几盒免费的糖水。老人摇摇头说，不会的，这些人从来没有那么做过。即使给，他们也不会要。而且他们也知道某个人的确是城管，但是返工回来，偶尔也会隐藏身份地买一盒回家当夜宵。香港就是这样。

我点了点头，还想再问几个问题，身后有几位下班回来的人等着买糖水。我不好再去打扰，说声再见。坐在椅子上的老人继续拿起报纸，他的太太也继续忙着给顾客拿糖水。

又一日回来，老太太见我过来，像老朋友一样打着招呼，问我工作累不累，几时回家等，我则问她生意如何，老人总是一脸满足地说不错不错。回家数月再回来，晚上经过，她很热情地走过来问我是不是回老家了，家人怎么样等。我则一一回答。和他们的交流，同时也让我想起另外一件事。民以食为天，我经常出入香港的百佳超市，也与收银员打了多次交道，不过从来没有结识到一位可以交流寒暄的人，感觉他们就像流水线的一个组成部分，没有温度，没有交流，尽管他们也说谢谢，欢迎下次光临。

香港坟地随想

人是文化生产者，即使死了，甚至过上上百万年，也会在社会历史的记忆中留下存在的影子。这一点，除了历史教科书、文献中有记载外，还有一个去处，也可以多少挖掘一些，那就是墓地。墓地？难道是去挖掘坟墓？闻者多会皱眉头说，那是伤天害理之事，不可作为。非也！笔者所言绝对没有打扰死人之意，也不过人间过客，从一个个凸起的墓塚边走过而已。其实故事也就在这瞬间的经过中发觉的。

一个陌生人去世了，因为相同的信仰，也刚好离坟地跑马地比较近，就去了。说是相同的信仰，原因是在伊斯兰文化中，若有人去世，闻者有义务前去送葬。

在香港这是第一次来坟地。我原本来自西北偏僻山村，也不知道都市人是如何完成这一念想的保留，于是就带着某种文化了解的心理走进了坟地。香港寸土寸金，活人都生活在高楼大厦里面，基本上占满了所有能占有的空间，死人过去在山底下、山坡上都有埋葬。但是活着的人感觉自己的存在空间太小，特别是地产商以为把这么大一片地送给死人，岂不可惜？这样，许多本该安心睡土的人，在他们未曾预料、浑然不觉中被迁移到了其他地方，部分挪到了山顶，也就有了今天这些不同特点的坟墓。部分，可能年久失修，难以寻觅家人，只好送到柴湾的大墓地。

人对世间发生的事情基本上都是不可预知的，从没有一个人通过某种神性来真实表现出什么，苍白一些说，人在哪里存放陪伴了几十年的身体都是不可预料的。

穿过几节楼梯，就进入坟地了。抬眼望去，一排排望不到边的石碑群，把整个小山装扮起来，若不去想下面埋葬的尸体，似乎也是一种不同种类墓碑的展销会。这样说也不免有些残忍，不过不同特点的墓碑还真有些内容需要去挖掘。整个小山有点像内地毛泽东时代造出的梯田。整个小山被均分为数道平台。平台宽6~10米，长不用计算，因为一层层是环绕而呈圆形。平台的宽度被分割开来，平均每1米宽划开，分成两节，前后各埋葬一人。坟墓按照涉及面积大小，四周用各种材料围起来，中间留着，在后面顶端插入墓碑。墓碑上面的内容笔者最为关注，因为它是墓碑文化中的核心。

其实，人在生前也真不知道，此生将在何处归落。生前四处奔波，可能交了朋友无数，但是这些朋友也的确是一些过客而已，即使是情同手足的兄弟，知根知底的夫妻，都不知道最终将叶落何地。看看这些坟墓邻居们，他们是否曾在生前有过预约，此生结束后，在某个山谷或坡顶睡土，不得而知。看看这些坟墓，有些年久失修，只剩下一块行将断裂的石头立在那里，表明这是某个人的坟墓，下面的尸骨可能历经年岁都已经不存在了，不过这块地还是他的，未经同意，不可擅自分流。可能这也就是一个人一世最后还占有的财产吧。也有刚刚立起来的坟墓，有些死者数年，但是后代人丁兴旺，把先辈的坟墓精修以滋补后人。下面的尸体也是音讯全无，上面的人还是怀着寄托。在墓塚的边上再摆放一个花瓶，里面放着象征思念的黄色小花，中间平铺着，有些是沙土，有些则是很讲究的材料，不知象征何种意义。

不可预知的邻居

跑马地的坟墓是香港人去世后都要埋葬的地方。过去人都是居安思危，早早划出一块，用较低的价钱买下，等到百年，安置在这里，也算是死有葬身之地。不过，一块地的大小也就长为2米，宽为1米的样子。旁边是谁呢？前世见不到，死后也无法感觉，两个尸体并排躺着，上面则体现着不同的内容。有些人生前摸爬滚打，生了一大堆孩子，谋了一大笔财富，风风光光地死了，儿女们在他尸骨未寒之时，已经闹得不可开交，最后一个个如白眼狼，连他的墓碑都不去理睬。有些人同样一辈子风风火火，生得几个虎子，虽然平日对他们动辄严加管教，面目威严，但是这些孩子却也是在父母去世之后，花大力气把父母的坟墓收拾的干干净净，风风光光的，这也是一种结局。相比而言，两种结果并无太多区别，下面的人丝毫感觉不到。上面的人往往叫嚣不停，其实这么做也是让上面的人看的。那么不注重个人情面的人，入土为安足矣，不再过问，他们以为人之已死，一干二净。精心维护者也是有各种说法，有些是为了表达儿女的孝心，让他人看看，他们是如何孝敬自己的父母的。不过能来坟地注意看这些的，又有几个人呢？相信风水的人，希望生活在“祖荫之下”，让死者在阴间保佑活着的人。

这样看来，睡在一起的人，有些富丽堂皇，有些穷苦凋敝。下面的人会不会有种攀比？只有去了下面才会知道。上面的人应该说，攀比心理是有的，不然他们也不会花重金不远万里从不同地方购买各种质地的墓碑。下面的人也没有提前选择自己的邻居，本也无能为力，没有想到旁边的人也是他们从未想到的那种人，不知道他们又该作何想法。总归事已至此，无能为力。

墓碑上的内容

一般来说，墓碑也就一个墓碑罢了，上面几个字，把这个人交代清楚，留着后人找起来容易。但是怎么留那几个字，不同的人，受不同文化影响，有着不同的表达。在跑马地这块墓地，仅仅选择一排坟墓走过去，就会知道人受文化与社会的影响究竟有多大。先看几个为例。一个墓碑，上面月牙星星，是伊斯兰的象征，下面用阿拉伯文写着生卒年岁。选择的石头是比较清亮的大理石，上面的选择了黑色，为什么呢？再看看墓碑的样子，半圆形与清真寺的顶好像也是相似的样子。

看这个墓碑，上面用阿拉伯语表明宗教信仰，下面又完全按照英语世界，特别是基督教的方式。旁边栽种了花，墓碑及周围还用了彩色瓷砖。

看看这个坟墓，上面一字排开，阿拉伯文，下面则是繁体中文，旁边还加上家族结构、立碑年月等。

皇后大道上的锡克教庙厅

在湾仔铜锣湾时代广场出来，看到一位留着长胡须，用蓝色布匹缠头的印巴人，我走到跟前伸出手用穆斯林的方式向他问候，他愉快地接受并伸出友好之手。他微微一笑，胡须也跟着动了动，然后用具有浓郁印巴口音的英语问我，so，you are Muslim？（你是穆斯林？）我点点头，像找到亲兄弟一样亲密地说“brother，of course”（兄弟，当然）。他稍稍扭一下头，又摆摆手，有些诡秘地挤挤眼说，“oh，I am not，I am Sikh”（不过我不是！我是锡克教教徒！）啊？我当时惊讶地差点叫出声。在我的生活常识中，的确是这样的，在我的家乡，穆斯林做礼拜时，头上总会缠上类似印巴人头巾的戴思达尔。我以为他刚刚做完礼拜出来，没有来得及拿下。他似乎已经习惯了像我这样的“热情”招呼，也不忘宣传锡克教。他握着我的手说，兄弟，我们这个样子的多是锡克教信徒，大胡子加上各种不同颜色的头巾。头巾缠得紧而且完全遮住头顶。说着他稍微下蹲了一下，让我看看头顶。他的解释也让我从窘迫中走出来。他接着说，如果有时间希望我去湾仔的锡克教庙厅看看，我点头表示有机会一定前往。我们彼此说一声保重，他继续往前走了，我转身再看，他穿一身南亚人喜欢的浅蓝色长袍往自己要去的方向走去，就这么几件东西，却承载着巨大的文化影响力。不知道还有多少人还凭着文化的错觉而误以为他们是穆斯林，也不知道有多少锡克教信徒因为他们的着装被误认为是穆斯林而遭受同样的歧视和被误读。

走过铜锣湾，经过鹅颈街前往博爱社的路上，我想起曾经在许多港片中出现的门卫，有这样的着装，当时的确也是带着同情的想法认为香港作为英国殖民地把大量印度穆斯林迁移到香港，他们在香港属于最底层的人，没有其他谋生之道，只能做个门卫等服务员的工作。在经过丽景酒店时，我的确又看到一位缠着头的锡克教教徒站在里面，为出出进进的人服务。

回到寓所，我感觉自己的确被雷到了，没有去深刻探究，只是凭借想当然的知识背景去判断，还真的会闹笑话。我在网络中搜索，仔细阅读了锡克教的历史来源，还有锡克教在香港的情况。原来这个源自旁遮普省在印度教和伊斯兰教的交流中萌生的宗教，在15世纪就已经出现了。锡克教提倡平等、友爱，强调实干。在践行过程中，反对偶像崇拜，主张男女平等，用包容的态度实现积极入世的生活。

了解了很多锡克教的宗教知识后，就有了想去看看锡克教庙的打算。周五在爱群道清真寺做完礼拜出来，向右拐一下，上几个台阶就是皇后大道。过了十字路上叮叮响个不停的红绿灯，锡克教庙的白色尖顶便进入视野。几面金黄色的旗帜悬挂在门口，再加上旁边的几座印度风格的建筑，使锡克教庙显得别具一格。抬头远望，位于半山的跑马地坟场竖起的一个个墓碑与神圣的锡克教庙显得格调不一致。同行的朋友开玩笑说，没什么啊，这边去世往那边直接送上去，岂不更方便？我知道半山的坟地是伊斯兰教和天主教共用的坟地，如何为锡克教人送葬？入乡随俗，入境问禁。前往锡克教庙之前，我也提前补了课。锡克教信徒进入神殿，必须脱鞋戴帽。大门开着，正准备入内时，朋友说有个信徒可能要进去，我们跟着以免出现错误让主人不舒服。言之有理，一个印巴后裔青年走到跟前，我们打一声招呼，他见我们要进去，很是热情地来一个欢迎的手势。他进门前，先用右手食指中指在门槛上抚摸一下，然后放到额头和嘴唇边念念有词。顺着走廊进入，前面是洗手盆和鞋帽柜。先脱鞋，洗手，然后戴上金黄色的三角帽，信徒见我们跟着他一起脱鞋洗手戴帽，微微一笑竖起拇指赞一下，示意我们跟随进去。换了行头，沿着楼梯进去，看到楼下院子里坐着一大帮长者，基本上都是长髯、各种颜色的头巾和白色长袍，三四个人围拢在一起谈天说地。光着脚丫子往里面走，因为天气热，地上烫烫的，脚丫子感觉痒痒的，还是习惯问题。旁边大殿里男女老少围坐在地上，几个小朋友头戴黑色头巾在一起学音乐，几个小姑娘戴着小纱巾一起学唱歌。几位年长的老人靠在墙边打盹，大殿前面摆放着一个铁柜子，前面是用于接收善款的盒子，后面则存放着锡克教的经典。一位长者，身穿蓝色大褂，头戴白色头巾，留着打卷的长须，手里握一把白色毛刷，念一会儿扬一下毛刷，颇有仙境超然的感觉。前来朝拜的人，进门先双手合十，念几句赞词，然后俯首拜一下，走到左侧靠墙的地方，拿出提前准备好的吃的，象征性地吃一口，算是完成仪式，回到位置坐下静听。

一家三口人，可能都来自南亚在香港定居。他们进入，把一袋大米、一盒洗涤剂和几盒饼干放到铁盒旁边，男人从口袋里拿出几张纸币塞进铁盒，再念几句赞词俯首跪拜一下，站起来领着孩子出去了。我和朋友没有敢往里面走，在门口靠墙的地方坐下，看着一个个信徒用适合自己的方式表达对信仰的虔敬和忠诚。有些进来虔敬地跪拜一下，摸摸前面的经典，然后退出；有些进门，绕着经典走几圈，然后跪着，双手合十放到眉心中间，闭上眼与锡克教的神默默“交流”一会儿，然后退出；有些带着食品，有些则放点钱财，对于宗教的崇敬，表达方式基本上都是这样。不过为什么要带一些米面来呢？

带我们进来的信徒走到我跟前说，如果愿意，可以带我们去看看办公室、图书馆和教室。走出去看了一圈，我才明白，香港的这座锡克教庙远非庙宇那么简单，它其实是一个社区的集合点，里面厨房、教室、图书馆、阅览室一应俱全。楼下还有一个为锡克教信徒准备的幼儿园。重新回到楼上，他引着我们去办公室见了这座庙厅的负责人。

几位胡须深黑的信徒围坐在一起品尝印度风味的奶茶，一脸欢喜地谈着什么事情我不得而知。见我们进来，站起来彼此握手问候，然后示意一位帮我们倒奶茶。我们说明来意，他们略显惊讶地看了看我，我拿出在港的学生证。他们知道我们从大陆来，也少了一些惊讶，后来才知道，香港本地人是很少来锡克教庙的，因为在他们看来这些“摩罗仔”气味难闻，神秘而难懂。他们一个个操一口流利的英语，也能用广东话交流。他们几个都是儿时从旁遮普跟随父母移居香港的，并在香港长大成人。在庙厅工作属于义工性质，他们平日都有自己的事情要做。其中一位说他还在广州有个出口公司。我说起初次遇到锡克人当穆斯林的误会，他也是忍俊不禁地说，这样的事情，在中国内地他可是经历太多，习惯了，很多人以为他们就是穆斯林。

我们品尝了印度奶茶，其中一位负责人带我们看了办公室挂在墙上的先辈画像，他也给我们讲了锡克是学生、弟子、信徒的意思，然后他说了锡克人的五K即五大件信仰标识，长发、梳子、钢箍、匕首和短裤。转过身我不小心碰到一位站在身后的小伙子，感觉触摸到一个硬邦邦的东西，他有些尴尬地说对不起，他见我满脸疑惑，直截了当地说，刚才您碰到的是佩剑。征得他的同意，我再伸手去摸，真的有一把匕首挂在腰间。他说这么做，在今天并非防身，只是一种对信仰虔敬的表达，也是宗教行头中不可缺少的东西，也是传承传统保留祖先生活的一种方式。工作人员又拿出一套宣传册给我们每个人一份，一起合影留念后，他招呼我们下楼用饭。

我们推辞不去，觉得不方便。我来之前做了功课，知道锡克人多是坚定的素食主义者，他们提倡施舍和为人提供方便。有一位说你们没有去过印度吧？那就请到楼下进行一次印度饮食文化之旅吧。到了楼下，很多人在红地毯上席地而坐，男女分开，这边是来自不同地方的男人，那边是身着不同颜色长袍、带着头巾的女人。前面各自摆一个碟子碗筷，等着义工上菜肴。工作人员带着我们进入后厨，一大帮信徒们正在忙碌地做面饼，蒸米饭，炒菜。工作人员说，这里是绝对的素餐，庙厅里也不允许有肉食出现。忙碌的“厨师”都是信徒中的义工，她们选择自己合适的时间来帮忙。这里的米面油盐酱醋都是锡克人自己送来的。锡克人有个传统，但凡进入庙厅的人，都会提供免费的膳食，不过都得遵守庙厅的规矩。

我们也跟着席地而坐，热情的义工马上在我们面前放上碟子碗筷，倒一杯奶茶。我们不敢轻举妄动，模仿着旁边的人来做。工作人员见我们紧张的样子微微一笑说，跟着我做，没事的。义工提着饭桶，按照各自需求抬手示意，拿到面饼，放到眉心中念几句赞词。米饭是几种不同颜色的米混合而成，一个个颗粒分开，还似乎有些香料在里面，味道鲜美。面饼是青稞面做成的，像藏人糌粑的味道，与家乡白面烙饼也挺像，柔软而味深。义工给我们每个人碗里盛一勺几种豆类麦类熬制的粥，我见陪我们的工作人员挽起袖子，用手里的面饼在上面蘸一下然后直接送入嘴里，紧闭着嘴巴细细咀嚼。我看到周围除了印巴锡克人之外，还有一些华人、欧美人和非洲人也来享受这午后的美餐。工作人员说，这里是很多香港人光顾的地方。平日不见身影，吃饭时准点报到。锡克教有免费供应膳食的传统，不管哪个地方什么人种何种信仰，进来的都欢迎。所以有些生活无助的人，就长期依附在这里。外面很多香港人不愿跟锡克人打交道，进来了解熟悉了之后，还是有愿意来做义工帮忙的，也有专门带着食物让孩子体验生活的。进来的人不管什么背景，按照规矩就可以了。

吃着锡克人的菜肴，真的是平生第一次品尝印巴风味的食品。义工还提着桶过来问我是否加餐？工作人员问我一下，我表示够了，他做了一个不要的手势，感谢一下，用剩下的面饼擦了碟子。起身离开，我们各自拿起餐具，放到里屋洗刷。工作人员说，这里是很多游人，特别是有困难的游人的栖居之地。锡克教留下的这种传统，也是一个与外界交流的方式。过去香港人不习惯也不愿意和锡克人交往，随着越来越多的人进入和了解，彼此的怯生感也在逐渐消失，相互认识的距离也越来越近了。我不由地想，是啊，人与人之间，不同宗教之间，更多需要的是一种交流和沟通。锡克教在皇后大道上矗立这么多年，相信也是一种文明对话与交流的窗口。

用完午餐的信徒们，又回到了院子里，几个人又围坐在一起，有话说了，聊几句，没有话时，静静地共度着午后安宁的时光。外面车声隆隆飞驰而过，在都市中能有这么一片安宁之地供人休憩，也是难得。几位老人悠闲地捋着胡须，眯着眼，靠着椅子躺着，时而嘿嘿一笑，不知道他们说出了什么幽默之语，时而静静无语，共度着在一起的日子。

谢过陪同我们的工作人员，我们走出锡克教庙，站在皇后大道的这一侧看，静静的庙厅似乎在历史中不动地矗立在那里，但是里面那些虔诚的锡克人一代接一代，传递着这一宗教的传统与文明。随着大历史的变迁而在其中上演的悲喜剧也在历史流转的年代中成为共同的记忆和互动传递的传统。锡克教庙还在那里，期待下次更深入的了解。